集英社オレンジ文庫

異界遺失物係と
奇奇怪怪なヒトビト

梨 沙

本書は書き下ろしです。

目次

人物紹介

早乙女（さおとめ） 南（みなみ）

安定した生活のため『日々（にちにち）警備保障』に就職。事務希望だったが、異界遺失物係に配属される。甘いものが大好き。

五十嵐（いがらし） 楽人（らくと）

「コミュ障」ではなく「コミュ症」な異界遺失物係の先輩。卵料理が得意（※それ以外のレパートリーがない）。甘いものは苦手。

酒居（さかい）部長

いつもにこにこしていて人が好く、甘味とお酒が大好きなおじさん。だが、その実態は…？

鳴海沢(なるみさわ) 敬造(けいぞう)

地域課所属の警察官で、遺失物係が絡むトラブル処理係。筋が通らないことが大嫌いで、五十嵐との相性は最悪。下戸。

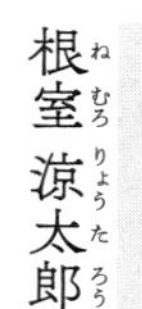

根室(ねむろ) 涼太郎(りょうたろう)

異界遺失物係のカメラマン（※監視カメラの監視員）。合法的な覗き趣味が高じて現在の部署に転属。

鳳(おおとり) 山子(やまね)

異界遺失物係の事務員。アクティブな美人でプチ登山家。

イラスト／ねぎしきょうこ

序章　遺失物係と愉快(?)な仲間たち

「では、本日の新入社員歓迎会は、幹事であるわたくし、遺失物係の事務員、鳳山子が取り仕切らせていただきます！」

「いよっ！　山ちゃん！　素敵ー!!」

箸をマイク代わりに元気いっぱい宣言する山子に、部長が太鼓腹の前でパチパチと手を叩く。

「今日はわが部署のエース（笑）である五十嵐くんと、陰の実力者（笑）である部長のリクエストにより、卵フルコースと甘味フルコースです」

不健全にもほどがある。テーブルは玉子スープに玉子サラダ、だし巻き玉子、オムレツ、ニラ玉、ほうれん草と半熟玉子がおいしそうなココット焼きにポーチドエッグ、茶碗蒸しといった卵料理と、どら焼きに大福、みたらし、あんみつ、たい焼きなどの和菓子やケーキ各種で埋まっていた。

だいたい、（笑）とはなんだろう。カッコ笑いカッコ閉じるなんて、わざわざ言葉にする人をはじめて見た。

「なお、新入社員の南ちゃんリクエストで、もやし増し増しの料理もご用意させていただきました！」

いろいろ言いたいことはある。けれども、追加でテーブルの中央に置かれた大皿の特盛り野菜炒めとどんぶりに入ったもやしの和え物に不満を引っ込めた。

「では皆様、ご唱和ください！　早乙女南ちゃんの前途を祝して、乾杯ー!!」

「乾杯！」

部長は日本酒、山子と五十嵐はビール、南はチューハイに口をつける。

憧れの居酒屋や、おいしい料理を提供してくれるおしゃれなお店などとはかけ離れた、南が住むアパートの一階、一〇二号室での新入社員歓迎会。立食パーティーのメンバーは遺失物係に配属された早乙女南と、パートナーを組むことになったコミュ症の先輩五十嵐楽人、美人で長身で面倒見のいい事務の鳳山子、いつもニコニコ笑っている部長の四人である。

「あの、根室さんは？」

このアパートには遺失物係の一員である根室涼太郎も住んでいるのだが、いっこうに姿を見せない。南が心配すると、取り皿にもやしを中心に野菜炒めをこんもり盛りながら山子が笑った。

「声はかけたんだけど、あの変態——じゃなかった、特殊性癖のクズ男、趣味の人間観察の真っ最中なのよ。ごめんね。会費はしっかり徴収したから、お腹がすいたら来ると思うわ。はい、これ南ちゃんのぶんね」

わざわざ訂正したのに、根室の評価は山子の中で下の下に値するらしい。

「ありがとうございます」

一日の野菜摂取目標を軽くクリアできそうなほどの野菜炒めだ。仰々しく受け取って一口食べ、酒の肴用に濃いめの味つけであることに気づく。だし巻き玉子を一つもらうと、これも濃いめだった。

「おいしい」

「早乙女さん、どんどん食べてね！　ほら、わらびもちもあるよ！」

「え、いえ」

お酒にわらびもちはさすがに相性が悪すぎる。やんわり断る南に、部長が大福を差し出してきた。

「じゃあ僕のイチオシ、豆大福をあげよう」

「部長、ニラ玉です」

横から五十嵐が皿に取り分けたニラ玉をかかげた。

「なに言ってるんだい、五十嵐くん。お酒には甘味だよ、甘味」

「スコッチエッグもあります」

甘味と卵料理が、南の目の前で戦っている。

「もう！　部長も五十嵐もいい加減にしてください！　南ちゃんには泡盛です！」

からっぽになった缶をテーブルの隅に置き、山子が酒瓶を差し出してきた。恐ろしいことに、床にはすでに三本ほど、からっぽになった缶が転がっている。チューハイ三口でふわふわしてるのに、みんなと同じペースで飲まされたらアルコールに弱い南はすぐに酔いつぶれてしまう。

「鳳さんの料理がおいしいから、お酒より料理をいただきます」

「もー、南ちゃんったら！　私のことは山子って呼んでって言ってるでしょ。山子よ、や、ま、ね！」

ヤバい。開始十分でできあがっていらっしゃる。いきなりハグされて、小柄な南は山子の腕の中で青くなった。

「山ちゃん、そういう強要はパワハラで、抱きついたらセクハラになるんだよ。訴えられちゃうよ」

「親睦を深めたいだけなのに～」

部長に窘められ、山子は唇を尖らせている。年上なのに、ショートヘアに合わせてシンプルな私服なせいか、拗ねる姿は少女みたいでかわいらしい。

南は愛想笑いでチューハイを一口飲む。ちょうど、呼び鈴が鳴った。

根室が来たと思った南は、玄関に向かいドアを開けた。

外に、真っ黒いなにかがいた。

「……え……？」

体の一部は闇夜(やみよ)に溶け、室内灯に照らされた場所だけかろうじて輪郭(りんかく)を保った黒いもやが、唖然(あぜん)とする南の脇をすり抜けて室内に入ってきた。ぎょっと振り向く南をよけるように続けて入ってきたのはスーツ姿の男だ。うつむいたまま一言も発しない。そのあとから四足歩行の黒いものまで押し入ってきた。

「な、な、なんか入ってきました……っ」

追い出すためにドアを開けておくべきか、それともこれ以上の侵入を防ぐために閉じておくべきか、そんな判断すらできずに南は誰ともなく訴えた。

「部長がいると集まってくる」

ニラ玉を頬張(ほおば)りながら五十嵐が淡々(たんたん)と怖いことを言ってきた。

「いやあ、ここらへんって立地があれだからね。騒いでるとつられて集まってきちゃうんだよ、あっちのヒトたちが。困っちゃうよねえ」

「部長は陰の実力者（笑）だから！」

部長と山子が訳のわからないことを言っている。二人して爆笑したあと、「まあまあ君たちも飲みなさい」と、部長がコップになみなみと日本酒をついで明後日(あさって)の方向に差し出した。いつの間にか、部長の足下にはカラの一升瓶が転がっていた。

ピッチが速すぎるのだ。

「い、五十嵐さん、部長を止めたほうが……っ」

《お邪魔します》

ざらついた声が聞こえてきて、南ははっと玄関を見た。小豆(あずき)色のジャージの上下を着た、顔だけ真っ黒な男の人が、息を弾ませながら強引に一〇二号室に入ってきた。

「五十嵐さん！　また来ました!!」

「小豆(あずき)さん（仮）だ。珍しい」

知り合いらしく、五十嵐が驚きの声をあげた。

「どちら様ですか」

「ときどき俺といっしょに走ってるヒト」

五十嵐の返答に南は驚愕(きょうがく)する。くせっ毛で右目を隠したこの男、対人スキルは限りなく微妙なのに、人間以外とは意外と打ち解けるのが早いらしい。

「交流は人間だけにしてください……!!」

「名前もついてる」

「名前がついてたって異界の住人じゃないですか。だいたい、小豆さんカッコ仮カッコ閉じるってなんですか!?」

「便宜上の名前。よく会うから識別しやすいようにつけたほうがいいかと思って……あれ？　小豆さん（仮）は、食事できましたか？」

《今日のマラソンコースは、国道沿いに……》

「はい、じゃあとりあえずビールを」

《歩道橋を渡って駅裏を通ってデパートの脇の道を……》

「玉子サラダでいいですか？　スコッチエッグは会心の作なんですが」

会話が一個も嚙み合ってない。部長は豆大福片手に、いよいよ一升瓶をラッパ飲みしはじめた。

「やっぱり飲むなら賑やかなほうがいいわね。乾杯ー!!」

山子が窓を開けながら星空に叫ぶと、黒いもやがもぞもぞと入ってきた。

「鳳さん！　入ってます！　窓からなんか入ってます！」

悲鳴をあげる南の脇を、再び人型のなにかがすり抜けた。着々と増えていく〝人間〟ではない者たちとからっぽになっていく酒類。

阿鼻叫喚の新入社員歓迎会。

発端は五日前――南の第一希望である日々警備保障に、奇跡の入社を果たした日からはじまった。

第一章　顔のない男

1

辞令を見た瞬間、早乙女南は固まった。

勤務先である本社で事前に催された社内説明会。そこで、希望業務の欄に〝事務〟〝事務〟〝事務〟と三つ続けて書いたのに、会社所有の多目的ホールでおこなわれた入社式のあとに手渡された辞令には、粛々とこう書かれていたのである。

勤務先　本社
部署　　遺失物係

総務課でも経理課でもなく遺失物係。

「……遺失物係って、忘れ物係ってこと？」

警察ならわかる。駅やデパートなど来客の多いところにも必要だろう。けれど南が入社するのは警備会社だ。個々の現場で保管したあと警察に届けるはずのものを、警備会社が一括で管理するとは思えない。そもそも会社のホームページに遺失物係なんて部署は記載されていなかったはずだ。

『各支店の新入社員の皆さん、本日は遠い中お疲れ様でした。明日からの仕事に備え、先輩たちに奢って（おご）もらって英気（えいき）を養ったうえで帰宅してください』

かっちりスーツの新入社員が辞令を手にどっと沸き、〝先輩〟らしき年上の社員が悲鳴をあげる。

壇上でマイクを握る男性社員がニコニコと言葉を続けた。

『本社勤務の皆さんはこのまま移動し、今日は先輩の仕事を見てください。先輩はくれぐれもサボらないように』

お茶目に笑って片目をつぶる。けれど南は辞令を手に固まったままだ。

『それでは皆さん、いついかなるときも日々（にちにち）警備保障の社員である自覚を持って行動してください。これからの活躍を期待しています』

軽妙な語り口の男性社員がマイクを置くとパラパラと拍手が起こり、立ち話する社員の姿が散見された。

「最近じゃオンライン面接にオンライン入社式も珍しくないのに、うちは体育会系だから新入社員をみんな本社に集めちゃうのよねえ」

どうしていいかわからず立ち尽くしていると、明るく張りのある声が聞こえてきた。辞令から視線をはずすと、ショートヘアがよく似合う、美人で長身の女がにっこり立っている。右足に重心をかけて立つ姿は、スレンダーな体型もあいまって、シンプルな紺色の制服を着ているにもかかわらずモデルみたいだった。

「早乙女さんよね？　私は遺失物係の鳳山子（おおとりやまね）よ。よろしくね」

刹那（せつな）、辺りがざわめいた。

「イケイだ」

「え、あれが本社のイケイ？」

ぼそぼそと聞こえてきた声は、なぜだか異様に硬い。ちらりと振り返ると、目を合わせるのを避けるように顔をそむけられてしまった。

嫌な予感しかしない。

「行きましょうか」

鳳山子は気にした様子もなく踵（きびす）を返した。

ついていきたくない。しかし立場上、拒否することもできない。チラチラ見てくる社員たちに疑念を抱きつつ、南は歩く姿勢も美しい先輩社員に続いて多目的ホールをあとにした。

「鳳さん、質問してもいいですか」

「いいわよ～。あ、私のことは山子って呼んで。山の子どもと書いて、や、ま、ね、よ」

いきなり砕けた調子で応え、派手にウインクをする。山子が歩く速度を落としたので必然的に隣に並びながら、南はピカピカに磨き込まれた廊下から視線をはずした。

「イケイってなんですか？」

「イケてる係の略称よ！」

「イケ……」

「遺失物係ってちょっと言いづらいでしょ。だから、最初の文字と最後の文字を繋げて、〝遺係〟で〝イケイ〟。イケてる遺失物係でイケイって覚えてね」

楽しそうに告げる山子に南は困惑した。

「遺失物係っていうのはなにをする部署なんですか？　会社のホームページにも、案内用のパンフレットにも載ってなかったと思うんですけど」

「んー、ちょっと特殊なのよ。預かるんじゃなくて探すほうだし」

「忘れ物を探す部署なんですか？」

「たまになに探してるのか忘れちゃうヒトもいるのよねー」

苦笑する山子に、それって警備会社がする仕事？　と首をひねっていると、受付ロビーを突っ切って一番奥の部屋へと案内された。ドアには『遺失物係』と黒地に白で書かれたプレートが貼り付けてある。山子はドアを開け「戻りました」と声をかけた。

第一印象は大切だ。南は動揺を隠し、

「失礼します」

ぺこりと頭を下げてから山子に続いて部屋に入った。

そして、ぎょっと立ちすくんだ。

広い部屋の中央には事務机が五つくっつけて置かれている。落ち着いた緑色のタイルカーペット、警備会社らしく防犯シールの貼られた窓、クリーム色の天井、ここまではごく普通の内装だ。

南をたじろがせたのは、隙間がないほどぎっちりと壁に貼られた地図だった。県全体のものもあれば、市町村、家の形すらわかりそうな詳細な地図もある。そこには赤ペンで五桁の数字と〝死亡〟や〝危険〟、〝観察対象〟、〝トラブル多発〟といった文字が書き込まれていた。

「今電話してるのが部長ね」

山子の言葉に、南は正面に視線を戻す。

「ご新規さんって、前の住人はどうしたの？　いない？　あっちに帰ったの？　それとも消えちゃったの？　……わからないって、それを確認するのが君の仕事でしょう」

二席ずつ向かい合わせてくっつけた事務机のその奥、お誕生日席に腰かけたぽっちゃり太鼓腹の中年男が受話器を耳に押しあて慌てている。南と山子をちらりと見ると「ごめんね」とでも言うように右手を挙げた。

「じゃあ川沿いにいた住人は？　あー、徘徊はじめちゃったかー。困ったな。できれば穏便に帰ってもらいたいんだけど、一般人が巻き込まれたら大変だよねえ。了解。処分は検討するよ。前の住人は行方不明ってことにしておくから、見つけたら報告してね」

　ニコニコと人のよさそうな笑みを浮かべているのに発言が不穏すぎる。

「五十嵐くん、二一〇二二の住人が」

　電話を切りながら部長が呼びかける。そこでようやく、南は室内にもう一人いることに気がついた。長身で骸骨みたいにひょろりと細く、もしゃもしゃと癖の強い髪を適当にカットした、スタイリングとは無縁と言わんばかりの髪型の男だ。制服姿がおなじみの警備会社に似つかわしくないラフなシャツにジーンズという格好の彼は、赤ペン片手に壁に貼られた地図に向かっている。

　地図には赤、黄、緑のピンが無数に刺してあり、ピンの隣には尖った字で番号がふられている。ピンの色に意味があるのか、男は細長い指で、黄色のピンが刺さっている二一〇二二の番号の隣に日付とともに〝行方不明〟と書き込んだ。

「新規は二三〇四五番ですね」

淡々(たんたん)とした声で数字を書き足し、緑のピンを刺して振り返った。細すぎて骸骨みたいな後ろ姿も個性的だが、前髪で右目をおおったヘアスタイルも独特すぎる。

「最近ご新規さんが多いよねえ。困った困った。綴化(てっか)されたら仕事が増えちゃう」

「いっそ末期までいってくれるといいのに」

「そうねえ。でも、綴化末期も不幸だよ。それだけ未練が強いってことだから」

苦笑いする部長に、骸骨みたいな細身の男は無言だった。まるで、失言をしたと言わんばかりに。

光を一切通さない、夜の海みたいに凪(な)いだ瞳がそっと伏せられる。

「あ、ごめんね。お待たせ」

部長に声をかけられ、南ははっとわれに返った。

「僕は遺失物係の部長でね、〝係〟なのに〝係長〟じゃないのは役職ってそういうものだと認識してもらえれば――」

「部長、そういう説明じゃなくて、まず名前からですよ」

山子の指摘に部長は「ああそうか」と納得した。

「僕は便宜(べんぎ)上、酒居(さかい)って名乗ってるんだ。お酒が大好きで、日本酒にはおまんじゅうが合うとつねづね思っているんだけど」

「そこら辺の個人的見解はあとでいいと思います」

便宜上ってなんだ、と南が困惑しているのに気づくことなく山子はすっぱりと切り捨てた。

「コミュニケーションは必要だと思うんだけどなあ。そっちの彼は五十嵐楽人くん。人生どん底みたいな顔をしてるけど、人生を楽しむって素敵な名前の持ち主だよ」

ぺこりと骸骨――ではなく、五十嵐楽人が会釈した。南もとっさにお辞儀を返す。

「山ちゃん、自己紹介は？」

「ここに来る途中ですませました。名前だけですけど」

山子の返事にうなずいて、部長は部屋の奥へ視線を投げる。よく見ると右手に、地図に埋もれるようにドアがあった。

「奥の部屋にいるのがカメラマンの根室涼太郎くん。根室くん、少しいい？」

大声で呼びかけるとドアがちょっとだけ開いた。手がひらひらとふられる。

「ヨロシクでーす」

手が引っ込んでパタンとドアが閉じた。

「――新入社員が来るから顔くらい見せなさいって言っといたんだけどなあ」

「あの、カメラマンって」

記録用に写真がいるとしても、専属のカメラマンが必要だとは思えない。そもそもこの部屋に忘れ物らしきものが一つもないのだ。カメラマンだという根室のいる部屋にあるのかと首をひねる南に、部長は「ああ」と声をあげた。

「彼は写す人じゃなくて見る人なんだ。根っからの見る人。監視員だよ」

さっぱり意味がわからない。

戸惑う南に、部長はニコニコと笑みを向ける。どうやら次は南の番らしい。

「早乙女南です。大学では文学部でした。よ……よろしく、お願いします」

みんながシンプルな自己紹介だったので、南もそれにならって簡潔に頭を下げた。

「早乙女さんの席は一番手前ね。山ちゃんの隣で、五十嵐くんの前。あ、斜め奥の荷物置き場になってるのは根室くんの席。彼は出社するとずっとモニタールームに籠もっちゃうから、いつの間にか荷物置き場になっちゃったんだよねえ」

ファイルと箱で占拠された机にぎょっとする南に部長は苦笑しながら説明する。それ以外の机にはそれぞれパソコンが置かれ、山子の机には台帳が、五十嵐の机には地図の束と新聞、雑誌が山と積まれていた。

うながされるまま南は一番手前の席に腰かける。

「根室くんから連絡が入るまではみんなの仕事を見てて。基本的に休憩時間は決まってなくて、給湯室でお茶を淹れて自由に飲んでいいよ。共用のコーヒーカップもあるけど、みんなマイカップを使ってるから、早乙女さんも必要なら持ってきてね。給湯室にあるのはコーヒーと紅茶、日本茶。それ以外が飲みたかったら自腹になるから」

南はカバンから出したメモ帳に〝マグカップ〟と書き取る。

「僕ばっかりしゃべっちゃってごめんね。長いこと聞いてばかりだった反動で、最近はおしゃべりになっちゃってねえ」

「部長は二十年前からそんな感じでしたよ」

「え、二十年前って最近じゃないの？」

「かなり前です」

スパッと山子に返されて、部長は問うような眼差しを五十嵐に向けた。五十嵐がうなずくと、今度は南を見る。

「昔だと思います」

二十年前といえば、南が二歳の頃だ。とても〝最近〟という感じではない。

まるで見知ったことのように語る山子も謎だ。見た目は二十代なかば、いって後半なのに、本当は四十歳をとうに超えているのかもしれない。

そうかなあとつぶやきつつ部長はパソコンをいじりはじめ、山子も台帳を見ながら慣れた様子でキーボードを叩き出した。

遺失物係に所属しているのは部長と五十嵐、山子、隣室に根室、そして南の五人のみ。山子が事務員なら、当然、南はそれ以外の仕事を任されるはずだ。

希望部署に三つも〝事務〟と書いたのに。

がっくりと肩を落としていると視線を感じた。

はっと正面を見るが、五十嵐は机の端にある地図の山をごそごそとさぐっていて南には無関心だ。

未練がましく山子を見ていると再び視線を感じた。

しかし、五十嵐は地図とノートを広げ、やはり南には無関心だった。

自意識過剰かと思ったがちょっと引っかかる。かといって本人に「今見てました?」なんて尋ねる勇気もない。

姿勢を正した南は、〝新入社員〟らしく〝先輩〟の仕事を観察することにした。

一五〇センチ台の南と比べれば、遺失物係のメンバーは皆、山子を含めて長身だ。ややぽっちゃり体型な――太っているわけではないが、スレンダーとはほど遠い肉付きをしている南にとって、五十嵐の体型は羨(うらや)ましい限りだった。長身で細身で、肩なんて刺さりそうなほど尖っている。贅肉(ぜいにく)がないため長く見える首、尖った顎(あご)、きつく結ばれた薄い唇に意外と高い鼻筋。あらわになっている左目のまつげは思った以上に長かった。ファッションなのかこだわりなのか片目だけを髪で隠すスタイルはどう考えても独特すぎるが、よく見ると整った顔立ちだ。男の人にしては手もきれいで、性格なのかきっちり爪が切られた指先が繊細に動く。

南はこっそり自分の手を確認した。小さいうえにムチムチだ。親指の腹でもう一方の手の甲をこすってふっくら具合に人知れず溜息をつき、再び五十嵐を盗み見る。

しかし、五分もすると体がムズムズしてきた。

このままじっと座っているのも性に合わない。なにか仕事をもらおう。そう思って身を乗り出した南は、その姿勢で硬直した。

〝一九九八年、交通事故により死亡〟

〝犯人不明〟

〝一家離散〟

尖った文字で五十嵐がノートに次々と書き込んでいる。どうやら古い新聞や雑誌からピックアップしてまとめているらしい。

〝失踪(しっそう)後、遺体が山中で発見される〟

〝自殺〟

〝借金苦?〟

遺失物係にしては見ている記事が不穏すぎる。医療事故や刑事事件などもノートにまとめていて、なんとなく気味が悪くなって南はそおっと椅子に座り直した。

直後、室内に響く音に飛び上がった。

「もしもし?」

部長の声で、一拍遅れて電話の呼び出し音だと気づく。事務員より早く電話を取った部長は、弾かれたように立ち上がっていた南にきょとんとしながら「根室くん、トラブル?」と受話器越しに尋ねた。隣室にいるのにわざわざ電話をかけてきたようだ。

南はこそこそと椅子に腰かけた。

「――綴化? 場所は?」

部長の声に、五十嵐と山子の手が止まった。

「うん、わかった。引き続き監視をお願い」

ニコニコ顔しか見せていなかった部長は、電話の最中も、電話を切ったあとも、険しい表情だった。

「二三〇一三がカテゴリーⅢ、綴化に移行したそうだ。五十嵐くん、被害が出る前に対処してもらえるかな」

「了解です」

五十嵐が立ち上がり、ちらりと南を見た。どうやらついてこいということらしい。車の鍵と社員証をつかむ彼に戸惑いながらカバンを手に立ち上がり、彼とともに部屋を出る。

入社式のときに仕事を見るよう言われていたが、まさか初日から外出するとは思わなかった。なにか説明があるのかと前を行く五十嵐を見るが、詳細を言う気がないのか振り向きもしない。彼は受付で出かける旨(むね)を伝え、玄関にある読み取り機械に社員証を軽くかざし、電子音を聞く間もなく駐車場へと向かった。

社用車に乗り込む彼を当惑して見ていると手招きされた。

「し、失礼します」

助手席に乗り込んでシートベルトを着用すると車が走り出す。

地元とはいえ、移動は電車やバスが中心だった南は、社用車がどこに向かっているのかさっぱりわからなかった。

部長は〝被害が出る前に〟と言っていた。

「事件なら、警察に通報しないとだめなんじゃ……」

警備会社ならトラブルが起こったときに現場に急行するのは当然だ。それくらいは南も知識として知っている。けれど、彼女が所属しているのは〝遺失物係〟である。現場に出る部署ではないはずだ。

それなのに――。

「これ」

社用車が赤信号で止まると、五十嵐がドリンクホルダーに突っ込んである長方形のプラケースを差し出してきた。

南は戸惑いつつケースを開く。中には黒縁眼鏡が収まっていた。

「かけて」

質問に答えるつもりはないらしく、五十嵐は短く指示してきた。南は眼鏡をつかんでちらりと五十嵐をうかがい見る。

人間関係は良好なほうがいい。初日からギクシャクしたくない。

「私、視力はわりといいほうで、こういうものは必要ないと思うんですけど――」

人生初の眼鏡だ。作り笑いを浮かべつつ眼鏡をかけ、有能な秘書をイメージして指をそろえてくいっとフレームを押し上げる。

軽い冗談のつもりだった。だから口調も意識して軽くした。

それなのに、視界の端に変なものが見えて、それどころではなくなった。

「――!?!?!?」

目の前にある横断歩道に、黒い人型のもやが立っていた。かすかに透けているもやは、ゆっくり滑るように目の前を横切っていく。

「え、あれ？　なに、あれ？」

もやが横断歩道を渡りきる。その先に、スーツ姿の男がうつむいたまま立っていた。

「危ない……!!」

とっさに身を乗り出した南は、もやがスーツ姿の男をすり抜けるのを見て目を瞬(またた)いた。なにが起こったのかわからないが、どうやらスーツ姿の男は無事らしい。

南はほっと息をつく。

あれはなんだろう。そう思って黒いもやを目で追っていると、点滅する歩行者用の信号に慌てたのか少年が走ってくるのが見えた。

「え……？」

次の瞬間、少年はスーツ姿の男を突き破った。

スーツも体もちりぢりになった男の中を、少年が駆けていく。

少年が向かいにあるコンビニの中に入ったときには、四散した男は再びスーツをまとい、うつむいて横断歩道の手前で立っていた。

ざわっと鳥肌が立った。

再び黒いもやが目の前に現れ、立ち尽くすスーツ姿の男に向かって歩き出したのだ。

よく見るとおかしなものはそれだけではない。街路樹の下にうずくまるもの、路肩に蠢（うごめ）いているものまでいる。

「い、い、五十嵐さん、な、なんかいます。黒いものとか、スーツ姿の人とか、バラバラになったのに戻ってて、他にもなんかうねうねしてるのがいっぱい……っ」

「リンクしやすいんだな」

「リンクって」

戸惑う南は、対向車線を走っていたトラックが赤信号を無視して交差点に侵入するのを見て悲鳴をあげた。

「危な……きゃあ!!」

制御を失ったトラックが、南たちの乗る社用車にスピードを落とすことなく突っ込んできた。

南は反射的に目をつぶり、衝撃に備えて両手で頭をかかえ縮こまった。

しかし、どれだけ待ってもなにも起きない。

それどころか、悠々と社用車が発車したのだ。

南は啞然と辺りを見回す。

車体に異常はない。ぶつかった痕跡も、何一つ残っていない。

目を瞬くと、対向車線に先刻のトラックが走っているのが見えた。

「俺たちの仕事は」

五十嵐が口を開く。速度を落とさず走るトラックは、再び反対車線に飛び出して煙のごとく消えた。

「あちら側の住人が落としたりなくしたりしたものを探すこと」

異様な光景が繰り返され、思考が追いつかない。

何度も何度も横断歩道を渡る黒いもや、立ち尽くすスーツ姿の男、消えては現れるトラック、さまざまなところに点在する黒いものたち。

「あちら側？」

混乱のまま繰り返す南を五十嵐がちらりと見る。

前髪で隠れた右目――その周りが、黒いもやに包まれて空気に溶けていく。

なにかとんでもないものが隣にいる。

運転席で、人のふりをして、ごく当たり前のような顔でハンドルを握っている。

薄い唇が笑みの形に歪んだ。

南の肌がぞっと粟立った。

「ようこそ、異界遺失物係へ」

笑みが崩れ、闇色の声がささやいた。

2

「い……異界？」

鳥肌が収まらない。

五十嵐から距離を取ろうと、体が無意識に助手席のドア側に傾いてしまう。

ほとんどオウム返しに尋ねる南に、彼は淡々と答えた。

「正式名称」

どこからどう尋ねていいかすらわからず南は口ごもる。

そんな南に構うことなく五十嵐は語り出す。

「歩き回ってる黒いもやはカテゴリーⅠ。人に害がないから観察対象。なんらかの形を成した住人はカテゴリーⅡ、要注意人物。ただしそのまま変化しない場合も多いからナンバリングはするけど要監視対象にとどまる。そこから綴化するとカテゴリーⅢ」

「ま、待ってください。言ってる意味が……きゃああ!!」

いきなり道路になにか飛び出してきた。黒いもやだ。

「あれはカテゴリーI。観察対象」

告げるなり、五十嵐は躊躇なくもやを轢いた。一瞬、ぶわっと視界が黒くなって、すぐさま晴れた。どうやら〝観察対象〟の中を突っ切ったらしい。

「なんなんですか、これ。どういうことなんですか……!?」

恐怖と混乱で声が裏返る。

「だから、カテゴリーIは安全な観察対象で」

「そういう意味で訊いたんじゃありません」

歯がゆくなって南は懸命に訴えた。おかしな状況が目の前で繰り返され、彼もちゃんとそれを認識しているのに、まったく問題視していない。そのことに憤りすら感じて言葉を続ける。

「どうしていきなりあんなものが見えるようになったんですか? 私、二十二年間普通に暮らして、昨日まで普通だったんです!」

「眼鏡」

五十嵐の指摘にはっとした。確かに彼の言う通り、異変は眼鏡をかけた直後からはじまっていたのだ。

南はとっさに眼鏡をはずした。

しかし、見えてしまったのだ。歩道橋から落ちてくる黒いものが。

「ま、まだ、見えてるんですけど……っ」

「相性がいいから」

「五十嵐さん、全然説明になってません……!!」

南はすぐさま察した。

五十嵐楽人という正体不明のこの男、他人とコミュニケーションを取るのが恐ろしく下手であるということに。

そして誓ったのだ。

会社に戻ったらすぐに異動願いを出すことを。

「いつ頃会社に戻る予定ですか」

「さあ」

「こ、これから向かうのは」

「二三〇一三番さんがいるところ」

「に、にいさんまるいちさんばんさんって、誰ですか」

い状態だ。

「カテゴリーⅢのヒト」

「てっかって」

「綴化のヒト」

五十嵐は致命的に説明が足りていない。しかし、南のほうもどう尋ねていいかわからな

「い、五十嵐さん、あっちに首のない人がいます」

首がないのにゆらゆら左右に揺れている。

さらにその奥に、おかしな動きをしている人がいる。

「道路の向こうに踊ってる人がいます。民家の横にも、黒いのが固まって山になってます。な、な、なんかうねうねしてる……!!」

ぞくぞくと悪寒が足下から這い上がってきた。

第一希望の会社だし、業界でも大手だし、基本給は安いが手当がいろいろついて保養所だって充実して安価で宿泊できる。今のところ利用する予定はないが、特典の多さも魅力の会社だった。しかし、とても続けられるとは思えない。

五十嵐が車をコインパーキングに止めると同時、南はカバンを抱きかかえ、ドアを開けて外に飛び出した。

「私、退社します。辞表を持っていくので、部長によろしくお伝えくださいっ」

宣言し、返事も聞かずにドアを閉めた。

眼鏡をかけたら変なものが見えるようになった。はずせば見えなくなるかと思いきや、いまだにしっかり見えている。ならば離れたら見えなくなるのでは――そう期待してコインパーキングから出た。

そして南は、歩道の真ん中に寝そべっている女に足を止めた。

「だ……」

大丈夫ですか、そう声をかけようとして言葉を呑み込んだ。コインパーキングを囲むように設置された金網の下に、花束とお菓子が供えられていることに気づいたのだ。

とっさに伸ばした手を引っ込める。

歩道を歩く人が寝そべる女の前を通り過ぎるのを見て、それが異質な存在だと確信して視線を剝いだ。そんな南の鼻先を車が通り過ぎ、ばくんと鼓動が跳ねた。ブレーキ音は聞こえなかった。なにかを撥ねた重い音もしない。

南は車の行方を追って視線を巡らせた。しかし、歩道に突っ込んできたはずの車はどこにもない。

幻覚だったのだ。

恐る恐る視線を戻した次の瞬間、南はぎょっと足を引いた。

歩道で寝そべっていた女が、そのままの姿勢で南のことを見上げていたのである。眼窩は落ちくぼんでいた。眼球がなかったのだ。それなのに目が合ったことを直感した。

気味が悪いなんてものじゃない。

南は恐怖に突き動かされ、なりふり構わず駆け出していた。

あれは人ではない。人の形をした、人以外のモノだった。

「なんなの……!?」

歯の根が合わない。気を抜くとその場にしゃがみ込んでしまいそうになる。しかし、どこに行っても黒いもやがあって、それらが不規則に動くから恐ろしくて立ち止まることすらできなかった。

息が上がる。苦しさに走る速度が落ちたとき、視界におかしなものが入り込んだ。

白いシャツを腕まくりし、ジーンズを穿いてエプロンを身につけた男――のようなものが公園にいたのだ。首はある。しかし、首から上は長方形の板になっていた。補強のつもりなのか長細い木が、左右に一本ずつ、上下と中央、合計五本も取りつけられている。

「なに、あれ」

指揮棒でもふるように、右腕をまっすぐ持ち上げふわふわと揺らしている。

腕を振り回す顔面板男（いたおとこ）を遠巻きに眺めていると、ふっとそれがこちらを向いた。

「ひっ」

裏側から見ても板だったが、表側も板だ。それが、足をもつれさせてよろめく南に向かってつかつかと歩いてきた。

《お嬢さん、探し物をしているのですが、手伝ってくださいませんか》

板男が〝開口一番〟そう問いかけてきた。

耳元で声が聞こえるような錯覚に、南は耳を押さえてぎょっとした。
《ずっと探しているのに見つからないんです。こうして出会ったのもなにかの縁。少しばかりあなたのお時間をいただけないでしょうか》
口調は丁寧だが言っていることは自分勝手だ。なにより、耳を塞いでも変わらず聞こえてくる声に恐怖心が吹き飛び、疑問が口をついた。
「どういう原理でしゃべってるの?」
《原理もなにも、しゃべりますよ。僕は僕なんですから》
なぜだか自慢げに板男が薄い胸を押さえた。そして、がっくりと肩を落とす。

《急に手伝えなんて身勝手ですよね。僕には払える対価もありませんし、僕ごときが他人の時間を奪うなどずうずうしいにもほどがある。わかっているんです。あなたのように忙しそうな人が、僕ごときに時間を割けるはずがない。いえ、気にしないでください。今までずっと独りでした。孤独には慣れています。僕は一人寂しく徘徊し――》

「わ、わかりました。手伝いますから！」

恨み節に耐えかねて南が悲鳴をあげると、板男が両手を胸の前で組んで前のめりになった。ずいっと板の顔が近づいてきて、南は鳥肌を立ててのけぞった。

《ありがとうございます！　あなた、いい人ですね！》

善意の強要と感謝の押し売りだ。表情など一切ないのに、雰囲気だけで暑苦しい。

「それで、探しているものって」

《それなんですがね――おや、珍しい。僕に話しかけてくれそうな人がもう一人》

板男の板顔がやや上向きになる。反射的に背後を見て、南は再びぎょっとした。コインパーキングで一方的に別れた五十嵐が立っていたのだ。

「ど、どうして、ここに」

「――カテゴリーⅢ」

「え」

「目的地」

相変わらずコミュニケーションを取る気があるのかないのか謎な反応だが、どうやら彼の目的も、この板男だったらしい。内線の内容を思い出してピンときた。

「カテゴリーⅢ？　この人が？」

「綴化の初期」

離れるつもりで車を降りたのに、先回りする形になったようだ。南が絶句していると、

「まだ見えてる？」

確認するように五十嵐が訊いてきた。

「見えます。これって……」

《あなたも僕の探し物に付き合ってくれるんですか？　あれ？　あなた見たことがある人ですね。ん？　違ったかな？　どこかでお会いしました？》

どうすれば見えなくなるのか尋ねようとする南の声を遮って、板が体ごと割り込んできた。傾く板に、傾く体——すごい絵面だ。

「探し物はなんですか？」

単刀直入に尋ねる五十嵐に、板男はますます板を傾ける。

《よくわからないんですよねえ。なにか大事なものを探していた気がするんですけど》

「綴化の中期？」

　ぼそりと五十嵐がつぶやく。ちょっといやな感じの口調だった。

「なにかありませんか。思い浮かぶこととか」

《思い浮かぶこと？　う～ん、これといって……あ！　LA！　LAです！》

　板男がポンと手を打つ。《今、閃きました！》と、声を弾ませるが、探し物のヒントにしては微妙な単語だ。会社をやめるつもりでいるのだからこのまま五十嵐に任せて帰ろうかとも思ったが、南が協力してくれると信じて疑わない板男を見ていると気が咎め、カバンからスマホを取り出した。

　勢いとはいえ手伝うと言ってしまったのだから、このまま立ち去るのも忍びない。だから少し手助けするだけ――そう自分に言い聞かせ、〝LA〟を検索してみる。案の定、検索結果のトップに〝ロサンゼルス〟が出てきた。

「……外国人……には、見えないかも」

　思わずうなる。第一、探し物が海外にあるなら、お金もパスポートもない南が探しに行ける距離ではない。〝LA〟の検索結果をスクロールすると、ロサンゼルス関連の情報やノリのいい音楽、辞書のページが並んでいた。

「な……名前とか、思い出せます？」

警戒しすぎて小声で尋ねると、板男は板を左右にふった。

「見覚えのある建物は？　知っている店名とか」

今度は五十嵐がぼそぼそと尋ねた。これに対しても、板男は板を左右にふっている。こんな調子で探し物を見つけるなんてハードルが高すぎる。

「歩こう」

あっさり適当なことを言い出す五十嵐に南は仰天した。

「歩いて解決するんですか？」

疑問を言葉にしたが返事がない。きょろきょろと辺りを見回しながら歩く五十嵐に不信感が増していく。

「この人が〝住人〟ってことですよね？　この人って……」

「カテゴリーⅢ」

「綴化の人ですか？」

それ以上の説明を求めて尋ねたが、五十嵐は南と目を合わせようともしない。

山子は「探すこと」が仕事だと言っていたし、五十嵐も同じことを言っていた。事実、五十嵐は板男に協力しようとしている。

「これが遺失物係の仕事なんですか？」

重ねて尋ねる南に、五十嵐の口元がふとゆるんだ。

笑っている――？

思わず南が身構えると、板男が前触れなく《あー!!》と叫んだ。唐突な大声に南は飛び上がるほど驚いて板男を見る。

《あれ！　見てください、あのカフェ！　見覚えがあります――!!》

板男が道路の向こうにある小洒落たカフェを指さした。漆喰の壁に漆黒の柱。店の前に置かれた木製のプランターは緑であふれ、春らしく色とりどりの花が咲いている。『カフェ深緑』と看板がかかげられた下に『枯れないお花　フラワー作家　天音有さんの作品展示中』と手書きのボードが置いてあった。

外から様子をうかがうと、店の一角を展示スペースとして貸し出しているカフェのようで、棚に花束や花かごが鮮やかに飾られていた。

「中に入って話を聞いてみます？」

南は五十嵐に判断を仰ぐ。が、なかなか返事がない。どうしようかと板男を見てすぐにあきらめた。「顔が板の人を知っていますか」なんて尋ねても店員を困らせるだけだ。見た限り、店内に板男の板に類似する品はないようだし、中肉中背という特徴も、板男の探し物を特定するのに役に立つとは思えない。

南は板男に質問した。

「よく通ってた店なんですか?」

《さあ、どうだったかなあ。見覚えはあるんですけどねえ》

板をさすりながら思案する板男は、再び《あっ》と声をあげた。

《あそこも見た覚えがあります。ほらあそこ、ほらほら! あれですよ、あれ!》

指をさしているのは、薄紅色の花の代わりに青々とした葉を揺らす桜並木だった。

「……それってわりと普通に見覚えのある景色なんじゃ……?」

特徴がなさすぎてヒントにもならない。できればもっと限定的ななにかを挙げてもらわないと、彼が探しているものに一生たどり着けない気がした。

こんな仕事、性に合わない。

地道にコツコツ続けることはわりと好きだが、ゴールが見えないのは苦痛だ。

渋面で思案していると、板男がふらふらと歩き出した。

《見覚えがあるんだけどなー、気のせいかなー》

板をかしげて困っているようだ。

「ど……どうするんですか、五十嵐さん。あの板の人、どうすればいいんですか」

「観察」

先輩であるにもかかわらず、五十嵐楽人はさっぱりあてにならないらしい。見失わないよう板男について歩くも、《あっちのデパートも見たことある》だの、《この公園もたぶん知ってる》だの、こちらはこちらであまりにも要領を得ない。

「もっとこう、板男さんだけのスペシャルななにかはないんですか？」

《そんなこと言われてもなあ》

指先で板をカリカリとかいた。

「ぼんやり記憶してた場所じゃなくて、よく行ってたお店とか、お気に入りの場所とかはないんですか？　そこから個人が特定できて、探し物が見つかるかもしれません」

《う――――ん》

板男は体をくの字にして苦悩している。

「……住人は基本的に記憶が曖昧(あいまい)なのが多い」

ぼそりと五十嵐が告げる。どうやら板男のせいではないと言いたいようだ。

「こうなる前になんとかできないんですか？」

「数が多いし、下手にかかわるとカテゴリーⅡで維持できてた住人がカテゴリーⅢに移行しかねない。カテゴリーⅠは交流自体不可能なのが多いし」

意外とちゃんと説明してくれて南は内心で驚く。もっとも、南のほうを見ようともしなかったが。

南は思い切って質問を追加した。

「いつもどうやって探してあげてるんですか?」

「歩いて」

ズレた返答に南は愕然とする。どうやら五十嵐との会話もなかなかハードルが高いようだ。どう尋ねればほしい情報が引き出せるのかさっぱりわからず、絶望に両手で顔をおおっていると「ん」と、低い声が聞こえてきた。

五十嵐がまじまじと板男を見つめている。

「……あの板、どこかで見た覚えが」

「どこですか!?」

身を乗り出して尋ねると、思い切り上半身をのけぞらせて逃げていく。われに返って「すみません」と謝罪するが、五十嵐はさらに逃げ腰になった。

「い……板男さんの顔って、ベニヤ、ですよね?」

これ以上逃げられないようとっさに質問を口にすると、五十嵐から「たぶん」と返ってきた。改めて見つめる南に板男がくねくねした。

《やだな、そんなに見つめられると照れちゃうじゃないですか》

「安心してください。顔面が板の人にはときめかないので」

《板差別ですね》

キリリと抗議する板を無視し、南は観察を続けた。

「すごくいい板を使ってるわけじゃないけど、品質は安定してるっぽいですね」

《きめが整ってる感じですか？》

なるほど、と、南の言葉にうなずきながら板男が板を撫でる。板の木目なんて興味がないのでこれも無視する。

「裏側に、上下左右、それから真ん中に細い板が接着してありますね。ホームセンターで材料は買えそうだけど——」

素人が作ったにしてはきれいすぎる。つまり既製品だ。五十嵐といっしょに板男を取り囲んでぐるぐる確認していたら、隣を自転車が通りすぎていった。ペダルを踏む中年の男が、南たちを振り返って怪訝な顔をする。

「……い、五十嵐さん、板男さんって、他の人には見えてるんですか」

「見えてない」

だったら普通の人の目には、南と五十嵐が、お互い向かい合ってぐるぐる円を描いているように見えるだろう。

「私たち、単なる変な人なんじゃ……」

「慣れた」

「そこは慣れちゃだめなところです」

「そのうち慣れる」

自分も慣れたから南も慣れる、ということらしいが、慰(なぐさ)めの言葉にしても嬉(うれ)しくない。

人目を気にして場所を移動しようとしたとき、五十嵐が小さく声をあげた。

「キャンバスだ」

「学校(キャンパス)？」

「画材(キャンバス)」

ニュアンスに目をすがめる。そして、南も閃いた。

「小学校のとき水張りしたことがあります。板にたっぷり水を含ませた画用紙をくっつけるやつです。確かにこんな感じの板を使いました」

どんな絵を描いたか忘れたが、言われてみると工程をぼんやり思い出せた。濡(ぬ)れた画用紙をホッチキスで板に固定して水彩画のキャンバスにし、水彩絵の具を使って絵を描いていく。そして、描き上がったあと板からはずし、色画用紙に貼り付けて家へ持って帰った記憶がある。

「画家？」

五十嵐がポケットからスマホを取り出し、県内の画家を検索しはじめた。

「見覚えは？」

板男に検索結果を見せてみる。しかし、板男の反応は鈍かった。

「む……無名の画家さんだったりして」

南は小声になる。キーワードを追加した五十嵐がかすかに眉根を寄せた。ひょいと画面を覗(のぞ)き込み、なんとなく察した。検索結果は変化したが、個人を特定するような目新しい情報は含まれていなかったのだ。

「じゃあ、ロサンゼルスってキーワードを追加して……」

提案しながら顔を上げると、真っ赤になった五十嵐の顔が見えた。

「ち、か、す、ぎ……!!」

「え、あ、すみません」

すごい勢いで遠ざかった五十嵐が、街路樹の陰(かげ)に隠れて睨(にら)んできた。コミュニケーションが取りづらいうえに近づくのも厳禁だったらしい。

南はそっと肩を落とし、板男に向き直った。

「板男さんの頭は画材みたいです。なにか思い出せそうですか？」

《……画材……なぜ僕が、そんなものを？》

「探してるものが頭にくっついてるなんてことは……ない、ですよね……？」

それならわかりやすいが、五十嵐が画材店に駆け込まないところを見ると、それ自体が探し物でないことはわかる。

「絵を探してるとか」

《どんな絵を？》

質問に質問で返されてしまった。ちなみに五十嵐は、そろりそろりと近づいてきている。

「自分が描いた絵とか、大好きな画家の絵とか、もしかしたら板男さんは美術の先生で、生徒さんの絵とか」

《それが僕の探し物なんですか？》

探している本人から探し物を質問され、不毛すぎて肩が落ちた。とりあえず、先刻見せた検索結果から、彼が探しているのは有名な画家の絵でないことだけは判明している。

「キャンバスを作ってるお店の人とか」

「関係ない。県内にはないから」

五十嵐からそんな言葉が返ってきた。

「県内限定なんですか？」

「住人は場所とモノに執着する」

　意外と機動力がない――とは思ったが、同じところを走り続けるトラックを思い出して納得した。なにかに執着して出てくるのだから、無関係な場所にひょいひょい姿を現さないのだろう。

「板男さんって、幽霊なんですか？」

「〝住人〟は〝住人〟だ」

　会社でまとめていたのは事件や事故で、あれが仕事の一環なら、相対しているのは〝死者〟であるはずだ。にもかかわらず、五十嵐の言葉は曖昧だった。

　五十嵐は辺りを見回し、いきなり歩き出した。

「行こう」

　遅れて声が聞こえてきた。

　南は戸惑い顔で板男を見た。表情はわからないが、板男も戸惑っているのが伝わってくる。しかし、案外あっさりと五十嵐について歩き出した。

　道々に黒いもやや人型のものが見えた。南はそのたびに怯(おび)えて立ち止まったり小走りになったりと忙しかったが、経験値の差なのか、五十嵐や板男は気にする様子もなくスマートに避けて歩いている。

しばらく歩くと板男は《ここ、知ってます》と、デパートを指さした。五十嵐は板男を振り返ってからデパートに入り、エレベーターで迷いなく七階に向かった。

《……なんだろう。……あんまりいい感じがしません》

板男が戸惑いの声をあげる。一階が食品、二階が化粧品や日用雑貨、三階は婦人服と階ごとに取り扱うものが違うデパートの七階には大型家具が並んでいた。五十嵐が向かったのは片隅(すみ)に設けられた催事スペースだ。絵画の展示即売会をおこなっていた。

ぴくりと板男が足を止める。

「見覚えは?」

《……わかりません》

戸惑いが濃くなる。五十嵐が催事スペースに入っていくのを、板男が立ち尽くして見ている。壁に等間隔に飾られた大小さまざまな絵画――油絵や水彩画、日本画、布や色紙を使った〝絵〟なども飾られている。作風はもちろん作者名も違うから、いろいろな画家の作品を集めての販売会だとわかった。

「知っている名前は?」

動揺して動けない板男に、空気を読むことなく五十嵐が容赦(ようしゃ)なく問いかける。

板男はぐっと拳(こぶし)を握ってから意を決したように足を踏み出した。

作品一つひとつを丁寧に見ていく。

これで知っている名前があれば、そこから彼の正体がわかるかもしれない。少なくとも近しい人間には結びつく。それをたどれば彼が探しているものも見えてくるはず——そう期待したが、すべての絵を見終わったあと、板男はまたしても板をかしげた。

《どの名前もわかりませんでした》

「ぜ……全然？　まったく!?」

驚倒する南に、板男はガリガリと板をかく。

《面目ない》

しょんぼりと板を倒すのを見て、南は慌てて「いえ、すみません」と謝罪した。五十嵐は思案したあと「次」と歩き出す。なにを考えているのかさっぱりわからないが、板男が素直にしたがうので南もくっついてデパートを出た。

今度はどこに行くのかと思ったら、なぜだか来た道を戻りはじめた。桜並木や公園、店など、板男が覚えていると言った場所は、改めて見ても一貫性が認められない。

やがてたどり着いたのは、板男が一番最初に《見た覚えがある》と言ったカフェだった。

五十嵐が店に入る。南も素直にそれに続いた。

店内になにかヒントがあるのだろうか。それとも店員に話を訊くのだろうか。

店員にすすめられるまま窓側の席に腰かける五十嵐を見て、南は彼の向かいに腰かけた。なにをするのか期待して見つめていると、なぜだか彼がぎょっと体をのけぞらせた。

どうやら彼は、他人と向かい合わせで座ることにも耐性がないらしい。

察してはいたが、とことん〝人〟に慣れていないのだろう。

会社で感じた視線の正体は、新人である南を気にしすぎた彼に違いない。

内心で溜息をついていると、店員がお水を持ってやってきた。「ご注文が決まりましたらお呼びください」と聞き慣れたフレーズを口にして去っていく。

「…………」

「……あの」

「…………」

「行っちゃいましたけど」

率直に状況を口にしてみたら、五十嵐がお水の入ったコップを見つめたままぼそぼそと答えた。

「な、なにを、どう訊いていいのか」

「――!!」

対人スキルが低すぎて仕事に支障をきたしそうだ。かといって、慣れない南が口出しできる状況でもない。ちなみに板男は店内を珍しそうに見て回っていて、こちらもあまり期待できそうにない。

「五十嵐さん、板男さんとはわりと普通に話してませんでしたか？」

「住人だから」

「い、生きてる人間には……」

「下手に声をかけたら通報されるだろう……!!」

　拳を握って訴えられてしまった。明るく社交的な人間ならまだしも、いかにも裏がありそうな五十嵐が不用意に話しかければ警戒される可能性が高い。要領を得ない質問を繰り返して個人情報を得ようとしたら、ストーカーと間違われてしまうのも致し方ない。

「通報された経験があるんですか？」

　恐る恐る尋ねたら、五十嵐がこの世の終わりみたいな顔をした。

「部長が平謝り」

　南は項垂れ、額を右手で押さえつつ「すみません」と店員に声をかけた。

「コーヒーを二つ、で、いいですか？」

　ちらりと五十嵐を見ると、ぎくしゃくとうなずいた。緊張のあまり声を出すことすら忘れているのだ。

　このままでは探し物どころか板男の正体にすらたどり着けないだろう。南も対人スキルが高いほうではないが、五十嵐よりは幾分かマシなはずだ。覚悟を決め、店員がコーヒーを淹れて戻ってくるタイミングで再び声をかけた。

「ここって……」

　どう尋ねようか思案していると、店員は「あれですか」と声を弾ませた。

「棚に飾ってある花はプリザーブドフラワーといって、特殊な加工が施された花で、お水もいらず、ずっと枯れないいんですよ。展示販売していますが、作家さんに頼めばオーダーメイドもできるんです。私も店用に花時計を頼んじゃいました」

　南は棚に置かれた花束を眺める板男を見ていたのだが、そうと知らない店員には、展示してある花に興味があるように映ったのだろう。

「もうすぐ展示期間が終わってしまうので、ご興味がございましたらゆっくり見て回ってください。来週からは陶芸家の先生の作品を飾るんです。あ、これ予定表です」

　棚の隅に置かれていた紙を差し出してきた。手作り感満載の予定表には、作家名と作品の一部が印刷されていた。一週間と短い展示もあれば一カ月半ほど展示する作品もあって、ひっきりなしになにか展示しているようだった。

「す、すごいですね」

羊毛フェルトの人形やつまみ細工、油絵などもあるが、どれも知らない作家だ。なんとなく文字を目で追っていた南は、〝常設〟の欄にぎょっとした。

「こ、これ……この、LAって」

常設作家の欄に〝LA〟の文字がある。ボールペンで打ち消しの二重線が引かれているが、確かに南たちが探しているヒントの一つだ。

「ロサンゼルス」

「葦亜さんです」

店員に訂正されて南は赤くなった。

「な、名前、なんですか？」

「はい。葦亜怜央さんです。水彩画家さんですよ。カフェの一部を展示スペースとして貸してほしいって最初に頼んできたのが葦亜さんで、それから定期的にご利用いただいてたんです」

突破口は、本当にすぐそこにあったのだ。

「どこに飾ってあるんですか？」

前のめりに尋ねると、店員は困ったような顔になった。

「去年、全部売れてしまったんです。アルバイトの子にチラシ作りを頼んだら間違えて書き加えちゃって」

だから二重線で取り消してあったのだ。

「じゃあ、その、葦亜さんの連絡先はわかりませんか？」

「もう亡くなられてます」

「……え？」

ようやく見つけた突破口——そう思ったのに、また行き詰まってしまった。

「アトリエの場所はご存じないですか？」

食い下がる南に、店員は言いづらそうに答えた。

「家族に反対されてたみたいで、私も携帯の番号以外は聞いてなかったんです。亡くなる前にそれも解約されてしまったみたいで」

「絵が売れたときは？　どうされてたんですか？」

支払いの際、書類を作成したはずだ。南は期待したが店員は困り顔だ。

「現金でお支払いする予定だったんですが……」

言葉が続かない。つまり存命のときは一枚も売れなかったのだろう。

「それから、アトリエはお持ちじゃないって言ってました。自宅で描いてたみたいです。でも、道具はなにも残ってないと思います。画材一式、ご自分で全部片付けたっておっしやってましたから」

用意がよすぎる。まるで死を予期していたような行動に南が戸惑うと「ご病気だったんです」と店員は短くつけ加えた。

死期を悟って身の回りを片付けたのだ。

南はとっさに立ち尽くす板男を見る。どんな気持ちで話を聞いているのか、わずかに傾いた板からは想像もできない。

しんみり話していた店員は、急に嬉しげに目尻を下げた。

「でも、絵はすべて売れたんです！　展示代がどうしても払えないから、売れたぶんは店に寄付するって生前に葦亜さんがおっしゃってて、亡くなったあとも〝常設〟って形で展示を続けていたんです。そうしたら、しばらくしたら買い取ってくださる方がいて！　去年、ようやく全部売れたんです！」

「購入したのは男の人ですか？」

「いえ、女性です」

どうやら板男が買ったわけではないらしい。

「購入した人に会うことはできませんか？」

画家本人に会えず、板男に繋がるヒントもない。ならばせめて絵だけでも――そんな思いから尋ねると、店員は少し戸惑った表情になった。

「配送するとき特殊な梱包だったんで記録が残っていますけど」

そこで言葉が途切れる。個人情報だからこれ以上は答えられないのだと、南はすぐに察した。

だが、ここで引き下がったら本当に手詰まりだ。

どう切り出せば情報が引き出せるか――南ははっと閃いた。

「実はその方に買い取ってもらいたい絵があるんです」

「絵ですか？」

怪訝な顔で繰り返され、南は大きくうなずいた。

「はい。LAって方のもので、もしLAの絵を買った方がほしいとおっしゃるなら、安価で譲りたいんです。連絡先を教えていただけませんか？」

店員はちょっと考え、名前と電話番号だけなら、と、古いファイルを取り出した。

3

「LAさんの絵を見せていただきたいんです。ええ。探している絵がLAさんのものらしくて……本当に、不躾なお願いで申し訳ありません。少しだけお時間を……ええ！　はい！　ありがとうございます！」

スマホを耳に押しあて、南は何度もお辞儀する。通話を切って胸を押さえ、深く息を吐き出すと視線に気づいた。

南が顔を上げると五十嵐がぷいっとそっぽを向いた。ついでに離れていく。

視線を合わせるのが苦手で、人に合わせるのも苦手で、会話も苦手――五十嵐楽人は、そういう男だ。

なので、訊かれる前に話すことにした。

「お店の人に絵を売りたいと言ったのは、同業者のほうが気がゆるんで口が軽くなると考えたからです。変に警戒されたくなかったんです」

つつっと五十嵐が下を向く。

「絵を買い取った〝水野さん〟に、絵が見たいと電話をかけたのは」

「油断するから」

「その通りです。同じ趣味の人、同じ嗜好の人が相手なら、無意識に好意的になって交渉も簡単かと思って。……あんまり必要なかったみたいですけど」

電話越しに聞こえてきた水野の声からは、警戒心なんてこれっぽっちも感じられなかった。LAという単語を南が口にした瞬間、不思議な間があってから、予想以上にスムーズに話が進んで絵を見せてもらえることになった。

コインパーキングに戻って助手席に座ると、いつの間にかちゃっかり板男も後部座席に乗り込んでいた。板が車内に収まりきらず天井を突き抜けているのだが、本人は気にしていないようなので見なかったことにする。

「板男さんは、〝水野〟って名前の女の人をご存じですか？　LAの絵を買ったってことは、同じ趣味の方だと思うんですけど」

もしかしたら店で顔を合わせているかもしれない。期待して質問したが返事がない。顔面が板のせいで表情も読めず、彼がなにを考えているのかさっぱりわからなかった。

電話で聞いていた住所をカーナビに登録する。五十嵐が運転する車は国道をしばらく走り、二車線の県道に入ってさらに走行し、やがて一軒の民家の前で止まった。

水野家はよくある建売で、小さな庭には春の花が咲き、明るい雰囲気だった。困窮している様子はないが、たくさんの絵画を買い求めるほど裕福にも見えない、ごくごく一般的な戸建てである。付近を一周し、近くにある公園の駐車場に車を止めて南たちは改めて水野家へ向かった。

南は逃げ腰の五十嵐を置いて呼び鈴を押す。「さきほどご連絡した早乙女と申しますが」

とインターフォン越しに話しかけると、すぐに玄関が開いた。現れたのは四十代とおぼしき女――南が電話で交渉した相手だった。

「どうぞ、上がって」

「お邪魔します」

こんなにあっさり迎え入れられていいものだろうか。心配になる無防備さに戸惑いながら玄関に足を踏み入れ、直後、息を呑んだ。玄関の壁には大小さまざまな絵が飾られていたのだ。しかも見る限り、目線の高さは玄関から続く廊下まで、すべて額縁入りの絵画で埋まっている。左手奥の階段にも絵が飾られていた。

「す、すごい数ですね」

「完成品だけじゃないの。スケッチもあるのよ」

「これ、ＬＡさんの作品ですか」

筆のタッチが同じだ。柔らかな色彩を好んでいたのか、風景画や静物画、動物や花など、すべてが淡く彩られていた。

「ここにある作品は全部彼のものよ」

水野の言葉に南は板男を振り返る。彼はするりと廊下に移動し、絵を一点一点見はじめた。南は「拝見してもいいですか」と尋ねてから五十嵐とともに板男を追うように絵を見て歩く。紙の中央にちょこんと描かれた子猫の絵、一面のひまわり畑、静寂に包まれた夜の町、雪を受け止める一輪の花——咲き乱れる桜。

「その桜並木、素敵でしょう?」

板男が見つめていることにも気づかず、水野が桜の絵を見て笑う。探していたものはこれなのかと緊張したが、どうやら違ったらしく板男は隣の絵に移動した。絵は廊下や階段ばかりか部屋の中にも飾られ、家全体が絵に埋もれるようだった。

すべての絵を見て回ったが、どうやら板男の探し物はなかったらしい。

「……探していたのは絵じゃなかったってことですか?」

「わからない」

こっそり五十嵐に尋ねると頼りない言葉が返ってきた。

水野は南たちを居間に案内し、ソファーに座るようすすめてから出ていった。少し躊躇ったものの、南はおとなしく五十嵐の隣に腰かける。すると、彼がつつっと離れていった。それでも一応、同じソファーに腰かける程度には南に慣れてくれたらしい。順応性があるのか奥手なのか、いまいちつかみどころのない人だ。

南は立ち尽くす板男へと視線を投げる。

こちらはこちらで、いろいろと謎だ。たたずむ姿は、深慮しているようであり、ただぼんやりしているだけのようでもある。

　しばらく眺めてみたが、板男は身じろぎすらしない。

「葦亜さんの……」

　絵を探していたんじゃないんですか。そう板男に尋ねようとした南は、お茶を準備して戻ってきた水野に慌てた。壁に呼びかけているようにしか見えない南と、ソファーで小さくなっている五十嵐──どう考えても二人そろって挙動不審だ。

「こ、この絵の作者さん、葦亜さんっておっしゃるんですよね？　ＬＡの意味がわからず、深緑ってカフェで作家の名前を聞いて、イニシャルだって気がついたんです」

　水野に話しかけたと言わんばかりに、南は視線を壁の近くに立つ板男から剝がした。幸い不自然ではなかったようで、水野は深々とうなずいた。

「ええ、そうよ。……ここにある絵はあのカフェで売っていたものなの」

「本当に葦亜さんの絵ばっかりなんですね」

「すごい数だからびっくりしたでしょ。私もびっくりしたの。こんなにあるなんて」

　苦笑しながらティーカップをテーブルの上に置き「どうぞ」とすすめてきた。礼を言った五十嵐が、そろりと手を伸ばしてカップをつかむ。南も五十嵐にならって紅茶に口をつけた。さっきはコーヒー、今度は紅茶。とうに昼を過ぎているのに、会社を出てから水分しかとっていないことに気づいた。

「おいしいです」

香りが高く、渋みの少ない飲みやすい紅茶だ。南の素直な感想に、水野が嬉しそうに目尻を下げた。向かいに腰かけた水野がティーカップを手にしてぽつりと口を開いた。

「夫の絵なんです」

唐突な言葉に南は瞬(まばた)きする。

「夫の絵？　葦亜さんが、夫……？」

繰り返してやっと気がついた。ペンネームだ。漫画家や小説家がペンネームで活動するように、芸術家だってペンネームで活動する人がいて当然だ。名字が違うから他人だと思い込んでいた南は、ようやく合点(がてん)がいった。

「ご家族の絵だから買い取ったんですね」

南の言葉に水野は複雑な表情になった。

「……彼の絵を全部買い集めたつもりだったけど、あなたが探している絵がないってことは、まだ回収できてないものがあるのね」

「葦亜さんは、亡くなっていると、うかがったんですが」

南が控えめに問うと水野がうなずいた。

「十年も前よ。人知れず闘病を続けた売れない画家だったの」

十年――思った以上に古い話のようだ。ちらりと板男の反応をうかがうが、テーブルの横に立ち尽くしているだけで、どんな表情をしているかはもちろんのこと、どこを見ているのかすらわからなかった。

「買い集めるのにずいぶん時間がかかったようですね」

ふいに五十嵐が口を挟んできた。亡くなったのは十年前で、最後の絵を買い取ったのが去年。家中に飾られた絵画の点数を考えれば九年で回収できたなら上出来のはずだが、五十嵐の言い方だと嫌みのようにも受け取れる。

「夫の絵だから集めたんですか」

南の言葉を繰り返しているだけなのに、口下手なせいか、あるいは人と会話するのが苦手なのに無理やり話しているせいか、挑むような口調になってしまっている。

水野は目を瞬き、皮肉げに口元を歪めた。

「夫の描く絵が大嫌いだったの」

きっぱりと返ってきた言葉に、今度は南が目を瞬く番だった。

「素敵な絵なのに」

「他人だからそう思えるのよ。毎日部屋に籠もって売れない絵ばかり描いてたら、素敵な趣味だって容認できる？　生活しなきゃいけないの。娘だって、いずれ大きくなったら塾に行って、高校に行って、ゆくゆくは大学に――なんて思ったら、私一人の稼ぎでどうにかなるわけがない。毎日苛々してたわ。働かずに絵ばかり描くあの人に」

家族に反対されていたらしいと、カフェの店員も口にしていた。水野と同じ立場なら、南もきっと不満を抱いたに違いない。

幸い、家は両親の援助と結婚前の貯金で中古が買えた。それがなければとうに立ちゆかなくなっていただろう。水野が苦々しく告げる。

「あの人、食べる量が減って、どんどん痩せちゃったの。おかしいって思ったときにはもう手の施しようがなくて数カ月で他界。本当にあっという間だったわ」

「なぜ、絵の買い取りを？」

再び五十嵐が訊く。生活だって楽じゃない状況で、嫌いだと言い切る夫の絵を買い取ったのが理解できないと言いたげな口調だった。

水野は遠い目をした。

「――悔しかったのよ」

絞り出すような声で告げ、ティーカップをテーブルの上に置く。細い指を組み、彼女はそっと目を伏せた。

「悔しかったの。命懸けで描いた絵が誰にも認められなかったことが」

組んだ指にぐっと力がこもる。

「あの人の辛さを気づいてあげられなかった自分の愚(おろ)かさが。だから」

水野は指をほどき、ポケットからスマホを取り出してにっこり笑った。

画面には愛らしい猫の絵がある。板男の絵だ。水野が絵を拡大すると、板男の描いた絵が何百匹、何千匹と重なって巨大な猫になっているのがわかる。他の絵も同じ――もとはすべて板男の絵だが、新たに手を加えられ、別の絵に仕上げられていた。

「カフェから全部買い取ったあと、加工して一枚ずつ売ってやったのよ。シリアルナンバーをつけて、ネットで。ＮＦＴって知ってるかしら。デジタルアートのオークション市場で、数億って価格のついた絵もあるのよ」

「す、数億……」

絵一枚で、数億円。南には想像もつかない世界だ。水野は言葉を続けた。

「芸術作品は、求める人がいることで価値が生まれる。あの人の絵が理解されないなら、理解できる人がいるところに持っていけばいいって、私、そう気づいたの」

暗号資産にも使われる特殊な方法で絵に付加価値をつけて販売する、十年前にはなかった技術。データは世界中の人たちの目に触れ、価値を見いだされ、落札されていく。

LAが——葦亜怜央という無名の画家が、今や売れっ子の画家として認知されているというのだ。

「あの人もバカよね。もう少し長生きすれば、違う世界が見られたかもしれないのに。もう少し早く私が気づいていたら、今も元気だったかもしれないのに」

声が後悔に湿る。

「ごめんなさい、あなた……!!」

そうして後悔の末に、彼女は彼が生きた証(あかし)を世界に残した。

画家としての誉(ほま)れは人々の賛辞だ。不遇の中で生涯を閉じた彼は、ネットという新たな世界で、妻の手によって新たな価値となって生き続ける。

「……まっさらなキャンバスは、彼の価値そのものだったのかもしれない」

ぽつんと五十嵐の声が聞こえてきた。

「価値って」

「画家としての、い、価値」

五十嵐の言葉に南は息を呑んだ。

「——画家」

絵を探していたのではない。彼が探していたのは、彼自身ではなかったのか。

一ファンではなく、五十嵐が推察するように板男が画家本人であるのだとすれば、これで憂(うれ)いは消えるのではないか。

南は板男を見た。そして、硬直した。

彼はいまだ板のまま、その場で微動だにしていなかった。

彼の絵は、恐らくすべてここに集められている。

名声だって、きっとある。

それなのに変化がない。

「――五十嵐さん、これってどういうことですか」

「絵じゃない。賛辞でもない。……家族でも、ない。水野さん、すみません。生前、葦亜さんがなくしたものはありますか？　探していたものとか」

テーブルの隅を睨みながらの独り言が、途中からいきなり質問に変わった。思いがけずストレートに尋ねる五十嵐に南はちょっと驚く。通報を恐れ、積極的な発言は控えるのだと思っていた。少なくとも今までの口数の少なさから、彼は傍観に徹するのだと南はそう考えていたのだ。

神妙を通り越してジト目で尋ねる五十嵐に引きつつ、水野は首をかしげた。

「絵の具や紙みたいな画材はほしがりましたけど……」

「キャンバスは？」

「ストックがたくさんありましたから……あの、絵を探しに来たんじゃないんですか？」

さすがに質問が特殊すぎて、水野が不審げな顔になる。そんな水野を見て五十嵐が急にビクビクしはじめたので、不信感に拍車がかかってしまうのも無理はない。

このままだと五十嵐の立場が悪くなってしまう。

南はとっさに身を乗り出した。

「すみません、未完成の絵も拝見したかっただけです」

南が割って入ると、勢いに呑まれたのか「スケッチも飾ってあります」と返ってきた。

これ以上食い下がったら家から追い出されるか、警察を呼ばれてしまうかもしれない。

「本当にこれで全部ですか」

それなのに、五十嵐はビクビクしながらも問いを重ねた。

とたんに水野が顔をしかめた。

マズい。コミュ力が微妙な五十嵐に任せると、どんどん不信感だけが増大してしまう。

「こ、この人、葦亜さんの大ファンなんです。全部見たいんです！　しつこくしてすみません！　い、五十嵐さん、行きましょう！」

腕をつかむと勢いよく振り払われた。あっと南が声をあげたときには、勢いあまって五十嵐が、ソファーの反対側に頭から落っこちていた。

「五十嵐さん！　大丈夫ですか⁉」

南は青くなった。うめく五十嵐がもぞもぞ動き、そんな彼をなんとかソファーに引っぱり上げようと悪戦苦闘した。しかし、身長差がありすぎてうまくいかない。あたふたしていると、唖然とした水野がぷっと噴き出し、赤面する南と小さくなる五十嵐を見てひとしきり笑ったあと「そうだ」と席を立った。

「ちょっと待っててください」

水野は部屋を出ていった。階段を上がる足音がして、しばらくして居間に戻ってくる。

「絵なんてものじゃないんですけど、捨てられなくて」

水野が持ってきたのは紙が張られたキャンバスだった。彼女は懐かしそうに眺めたあと、南たちにそれを見せてくれた。

「……これ……？」

真っ白な紙の真ん中に、〝10〟と書かれている。

「ピカソの絵の下に別の絵があるって、一時期話題になったでしょう？　それを見て真似(まね)

てたみたいなんですけど」

「自分のイニシャルならLAですよね。これ、どう見ても数字の10……？」

受け取ったキャンバスをくるくると回転させてみたが、鉛筆で書かれたのだろう数字以外、めぼしいものは書かれていない。

「どうしてこれを？」

ソファーの隣で正座した五十嵐が相変わらずのジト目で尋ねる。故人のものとはいえ、十年も保管するほどの価値があるとは思えなかったのだろう。

「亡くなる数日前に書いたものなんです」

つまり、遺作だ。未完どころか下書きすらされていないが、思い入れが強くて捨てられなかったのだと察し、南は板男をうかがい見た。

そして、はっと息を呑む。

立ち尽くしたままの板男――どこを見ているのかすらわからなかった彼は、今、確かにおのれの〝遺作〟を見つめていた。

「これか」

五十嵐も目を見張る。記憶の中にすらなかった探し物。南には価値が見いだせないそれは、板男にとって特別なものであるらしい。事実、板男の板に、キャンバスと同じような白い紙が現れ、うっすらと文字が浮かび上がった。

「……どうして消えないんだ？」

「え？」

「消えるんだ、普通は。探し物を見つけたら」

固唾を呑んで見守る南の耳に、押し殺した五十嵐の声が届く。

「あの……どうかしたんですか？」

状況が理解できない水野がおろおろと声をかけてくる。どう答えたらいいのかもわからず、南は暴れる心臓をなだめるように服の上から胸を押さえた。

これが探し物ではなかったら、次はどうすればいいのだろう。板男の正体はわかり、探していたものも見つかった。それなのになにかが足りない。だから五十嵐も焦っている。

そのとき、玄関から忙しない音が聞こえてきた。

「ただいまー!!　あれ、お客様？」

きれいな黒髪の女の人がひょこりと居間を覗き込んできた。

「奈那花、早かったじゃない。今日は宮彦さんに会うから遅くなるって言ってたのに」

「プランナーさんのセンスがめっちゃよくて、とんとん拍子に決まっちゃったの。で、着替えたくていったん戻ってきた。夕飯は外ですませてくるから――ごゆっくりどうぞ」

最後は南たちに向けての言葉だ。幸せがにじみ出るようなキラキラの笑顔を向けられ、五十嵐どころか南までたじろいでしまった。

奈那花が去ったあと、五十嵐がちらりと水野を見た。

「彼女は？」

「娘です。秋に結婚するんで、いろいろ忙しくて。ちょっと失礼します」

水野はぺこりと会釈して席を立った。

「日曜日の食事会、どんな服装で行けばいい？」

真剣な水野の声が壁越しに聞こえてきた。

「普通でいいって」

「普通ってなによ。向こうのご両親に合わせたほうが……」

「大丈夫だって！　普通で！」

結婚って大変だなあ、なんて実感するような会話が聞こえてくる。小さく息をついて南は五十嵐に尋ねた。

「これからどうします？　いったんこのキャンバスを預かって……」

「必要ない」

「え？」

「……もう、必要ない」

五十嵐が板男を見ているのに気づき、南も視線をあげる。

そして、小さく声をあげた。

真っ白だった紙に〝10〟の文字が現れ、さらにそこに色が足されていく。どれも淡い色だ。優しく包み込むように広がるとりどりの色たちは、やがて人の形になった。

《違うんだよ》

板男がささやいた。

《君が気づかなかったんじゃないんだ。僕が気づかせないようにしただけだ。不調はずっと感じてた。だけど、君を困らせたくなくて黙っていた》

それはまるで、家族写真のようだった。

めかし込んだ娘が椅子に座り、堅苦しいスーツを着た両親がその後ろに立つ。

《君のせいじゃない。君が僕を生かしてくれた。憎まれ口を言ったって、僕はちゃんと知ってるよ。君が誰より優しかったこと。病室に画材を持ってきて、先生に怒られちゃったよね》

完成に近づく彼自身の絵とは対照的に、テーブルにあるキャンバスは白いままだった。

彼は描かれることのなかったキャンバスにそっと手を伸ばした。

《最後に描こうと思っていた絵は、タイトルが決まっていたんだ》

〝十年後の君に〟

見ることのない未来を、知ることのできない幸せを、彼は最期に残そうとした。

彼が探していたものは幸せな未来の形だったのだ。

《ほら、僕が言った通りになっただろ。十年もしたら、奈那花はお嫁に行っちゃうって。だって僕たちの自慢の娘だもの》

病床で描かれた絵は、そうして十年を経て完成した。

《ありがとう、香織。おめでとう、奈那花。どうか……》

いつまでも、幸せに。

祈りは言葉になってつむがれる。

そうして一人の住人が、完成した家族の絵を抱きしめるように、優しい光に包まれながら姿を消した。

4

「五十嵐くん、何度も電話したのに!!」

会社に戻るなり部長が五十嵐に泣きついてきた。

「早乙女さんは今日入社したばっかりなんだよ！　新入社員は必ず定時で退社させるように、昨日社内メールで指示があったでしょ！　なのにちっとも帰ってこないから!!」

「メール？」

五十嵐が思い切り首をかしげる。

「定期的にチェックしてっていつも言ってるじゃない！　スマホは!?　なんでマナーモードにしてるの！　社会人は電話に出るのもマナーだよ!?」

「知りませんでした」

「君、社会人何年目なの!?」

「六年目です」

「そういう問答したいんじゃないの！」

部長がプリプリ怒っている。

「……五十嵐さんって、コミュ症……」

「五十嵐くんはちょっと言葉が足りなくて、ちょっとマイペースで、ちょっと空気が読めなくて、ちょっと対人関係に問題があって、ちょっと個性的なだけだから！」

それを総括するとコミュ症というのではないのか。コミュ障――コミュニケーション障害という病気ではなく、初対面では話せないとか、逆にこだわりが強いものにのみ反応するとかネットでささやかれる〝コミュ症〟と呼ばれるものに近い気がしたのだが、強く反論されたので黙っておくことにした。

しばらく五十嵐と部長のズレた会話を聞いていると、くうっとお腹(なか)が鳴った。

みんながきょろきょろ辺りを見回したので、南は赤くなりながら挙手した。

「すみません。私のお腹です」

とたんに部長はキッと五十嵐を睨んだ。

「……あ、お昼はまだ食べてません」

「五十嵐くん！　今何時だと思ってるの！」

「六時です」

「そういう質問してるんじゃないの！　後輩の面倒見るのは先輩の仕事でしょ!?　うちの部署はそれでなくとも人数少ないんだから大事にしなきゃだめだよ！　早乙女さん、ごめんね。なにか出前取ろうか？　僕が奢(おご)るから」

「やったー!!」

「万歳ー!!」

歓声をあげたのは奥の部屋にいる根室と、終業で机を片付けていた山子だった。ほらあんたもなにか言いなさい、と言いたげに山子に睨まれ、五十嵐がおどおどと両手を合わせた。

「ご馳走(ちそう)になります」

「君たちには言ってないよ！　自腹！　僕が奢るのは早乙女さんだけ！」

変な部署だ。客は人間じゃないし、仕事は不可解そのもの。それでも不思議と居心地がよくて、朝の不満はすっかり吹き飛んでいた。

「帰ったら荷物ほどかなきゃいけないので、また今度お願いします」

やんわり断る南に、部長は残念そうな顔をしながら「渡すの遅れてごめんね」と、顔写真入りの社員証をくれた。社内説明会のときに撮った写真はガチガチに緊張していて、苦笑いしたくなるくらい不細工だった。

けれど、人生初の社員証だ。

「お先に失礼します」

南は社員証を手に、丁寧にお辞儀する。

「お疲れ様」

「お疲れ様でした」

部長と山子が南をねぎらい、五十嵐が軽く会釈を返してくる。

ここが、明日からの職場。

踏み出した足は軽かった。

心残りは一つだ。

板男の——葦亜怜央の遺作の完成版を、彼の家族に見せられなかったこと。

「でも、満足そうだった」

絵が描かれていなくても、彼の妻は彼の最後の作品を大切に保管していた。そこに込められた想いを知らなくても優しさは残っていく。そんな想いの欠片(かけら)に触れることは、切ないけれど胸を熱くする。

「事務職じゃないけど、現在進行形で変なものが見えてるけど、なんか今はどうでもいいや！」

五十嵐がしていたように社員証を読み取り機械にあて、軽やかな電子音を耳に会社を出る。そして、うーんと体を伸ばしながら歩いた。

このうえなく不気味なスーツ姿の男は、街灯に照らし出されながら今も変わらず横断歩道の手前でじっとたたずんでいる。横断歩道を渡る黒い人型のもやも、繰り返し対向車線に突っ込んでくるトラックも朝見たままだ。それらを可能な限り遠巻きにしつつ横断歩道を渡り、コンビニでお弁当とお茶、缶チューハイ、ちくわ、お楽しみのコンビニスイーツを買う。

そしてスマホを確認しつつ歩くこと数分。南は目的の建物にたどり着いた。

「……ここ？」

日々警備保障は各種手当が充実している。住宅手当もその一つだ。しかも、会社が契約している建物に住むと、家賃がわずか五千円ですむ好条件である。もちろん全員がそんな安価ではなく、一万円コース、一万五千円コース、二万円コースと謎のランクづけもされていた。南はその中で最安値のコースを申し込んだわけだが。

「これは確かに五千円」

わりとボロい、『日々荘』の銘板もくたびれた二階建てのアパートだった。街灯に照らし出された灰色の壁はくすみ、階段にはサビが浮いている。築三十年はいっているだろう。しかし、家賃は限りなく魅力的だ。しかも会社から徒歩五分という好立地。コンビニも近いし、少し足を伸ばすとスーパーもある。

「住めば都」

自分に言い聞かせて足音の響く鉄の階段を使って二階に上がり、奥の部屋の前に置かれた段ボール箱に「うっ」と声をあげた。バイトが忙しすぎて集荷ギリギリに荷造りをすませ、バイト先に駆け込むなり深夜まで働き、控え室で仮眠を取って出社——そのせいで、入社と入居が同じ日になってしまったのが痛すぎる。荷物自体はもともとたいした量ではないけれど、それでも部屋の前に積まれた箱を見るとどっと疲れてしまった。

事前に受け取っていた鍵でドアを開け、手探りでスイッチを探す。

1K、八畳一間。小さなキッチンに、備え付けのツードア冷蔵庫。玄関を入って右手にあるドアを開け、トイレと風呂場の狭さにぎょっとした。幸いなのは押し入れがついていたことと、事前に掃除してもらえていたようでフローリングがきれいだったことだ。

「よし、運ぶか」

ひとまず着替えの入っている段ボール箱を運び込み、開封して堅苦しいスーツからスウェットに着替える。冷蔵庫のコンセントを差し込んで、まだ冷えてもいない庫内に要冷蔵のものを突っ込んだ。次いで髪をゴムでまとめ、腕まくりする。あとはもう、廊下に置き配された荷物の山をひたすら部屋の中に運び入れた。そして、運び入れたばかりの段ボール箱の上にコンビニで買った夕食を置いた。

「自炊は明日から頑張ります。今日は贅沢させていただきます」

手を合わせて自己申告する。もやしが最愛の食材である南にとって、コンビニ弁当は贅沢品だ。しかも今日は桜をテーマにした春限定のデザートまである。うきうきと唐揚げを頬張って幸せの声をあげる。適度なサクサク感をキープしながら肉はほどけるように柔らかく、そのうえジューシー。中までしっかり味が染みこんでいるのも嬉しい。どうやったら再現できるのかいまだによくわからないコンビニ独特の味つけも魅力の一品に、天にも昇る気分だった。

「おいしいいいいい」

唐揚げの余韻(よいん)に浸りながらごはんを頬張る。おかずは唐揚げオンリーという禁断のカロリー爆弾だが、今日は昼食抜きだったのだ。このくらい許されるだろう。

そうして至福のひとときを堪能したあと、親に始業一日目が無事に終わったことをメールで報せ、チューハイの缶を片手に窓辺に向かった。

窓を開けると天空にまん丸のお月様が見えた。

「乾杯」

チューハイを持ち上げて上機嫌になる。

お酒は大学時代に覚えた。とはいえ貧乏(びんぼう)学生だった彼女はコンパや飲み会なんてお金のかかるところには行かず、誘われるたびに断り、代わりのように店頭に並ぶお酒を一本だけ買って飲むようになった。

一口飲むと、隣室の窓が開いた。あれ、プランターがある。お隣さんは家庭菜園をしているのか――なんて考えていたら、見覚えのあるもしゃもしゃ頭が現れた。

「五十嵐さん!?」

素っ頓狂な声が出てしまった。びくんと揺れた頭が、するすると引っ込んでいく。やや間をあけて、窓から顔が半分だけ現れた。

「さ、早乙女さん、なんで隣に」

「引っ越してきたんです、今日から。すみません、引っ越しのごあいさつは」

ぶんぶんと首を横にふられてしまった。行かなくていいらしい。菓子折を買う時間もなかった南にとってはありがたい反応だった。

「今日は、ありがとうございました」

南が謝意を口にすると、五十嵐がもごもごと返してきた。

「——退社」

「え?」

「は、帰宅するときに使う。退職が、会社をやめるときに使う言葉で、出すのは退職願」

「……すみません」

どうやらコインパーキングでのことを言っているらしい。今さらな話ではあるが、退社する、辞表を持っていくと訴えた南が唐突すぎて、帰宅したのか会社自体をやめる気なのかわからず、彼が肝を潰したのは間違いない。仕事中に指摘しなかったのは彼なりの配慮だったのだろう。

　社会人一日目――短絡的な自分を恥じていると、五十嵐が右腕を伸ばしてきた。手にはビールの缶が持たれている。

　これからよろしく、そう言われている気がして恐縮する。

「か……乾杯」

　どんな言葉が適切か思い浮かばず、さっきも口にしたありきたりな言葉とともにコツンと缶をぶつけると、「ん」と返事があった。

「……あのあと」

　ぽつんと聞こえてきた声に南が顔を上げる。人と視線を合わせるのが苦手な彼は、ビールの缶をじっと見つめたまま言葉を続けた。

「叱られた」

「あ、すみません」

　空腹を感じる暇すらなく、昼食を忘れていたのは南の失態でもある。南が帰ったあともこってりしぼられたらしい五十嵐は、ちびちびビールを飲みながらしょげていた。いったん引っ込み、パックを手に戻ってくる。パックに入っていたのはコンビニの唐揚げだった。南が食べたお弁当の、ごはんなしバージョン。ちょっと親近感が湧いた。

爪楊枝を刺して「食べる?」と言わんばかりに南に差し出してきた。

「さっき食べました。あそこのコンビニ、唐揚げ絶品ですね」

笑いながら告げると、五十嵐は目をぱちくりさせている。表情が読めるのは左目だけだ。

視界のところどころ——街路樹や民家の塀、あるいは道路にいるもやと同じものが、いまだ彼の右目にも居座っている。

「——五十嵐さんも〝住人〟なんですか?」

できるだけ自然に聞こえるように尋ねる。

うなずかれたらどんな反応をすればいいのだろう。〝人〟ではないものがこの世にいて、なにかを探し続けているなんて、昨日まで知らなかった日常だ。

南は恐る恐る五十嵐の様子をうかがった。

きょとんとした彼は、ぷっと噴き出すと、弾けるように笑い出した。

「な、な、なんで笑うんですか!? ずっと気になってたんです! 板男さんみたいな状況って、あんまりよくないんじゃないんですか!?」

真っ赤になって抗議すると、五十嵐はようやく笑いを収めた。こんなふうに笑う人なのかと内心でどぎまぎしている南に、彼は唐揚げを齧りながら答えた。

「俺は普通の人間。ちょっと特殊なだけ」

ほっと胸を撫で下ろす。右目のことを尋ねたかったが、踏み込みすぎている気がして口ごもった。

「えーっと、……あ、あの、板男さんですけど、カテゴリーⅢになるまでにずいぶん時間がかかるんですね」

南の言葉に、五十嵐は少し考えるような表情になった。

「個体差がある。たぶん、あのヒトがこだわっていたのは十年だったんだ」

「――十年」

彼が思い描いていた未来。

なるほど、と、南は納得する。彼は〝十年〟という節目に動き出したのだ。

「じゃあ、デパートでいい感じがしないって言ってたのって……」

「いろいろあったんだと思う」

ぽそりと返ってきた言葉に南は押し黙る。さまざまな作家のさまざまな作品を展示するスペース――もし自分の作品だけ誰にも興味を持ってもらえなかったら、どれだけショックを受けるだろう。想像すると胃が痛くなってきた。

ふうっと息をついたとき、あることに気がついた。

「それ、大葉ですか？」

プランターにはスーパーでおなじみの葉野菜が青々と茂っていた。家庭菜園で大葉を栽培するなら、普通は六月あたりから収穫できるはずだ。時期的に早すぎる。五十嵐はプランターを見て「物好きだから」と、つかみどころのない言葉を返してきた。

南は季節外れの野菜を指さした。

「少しもらってもいいですか？」

怪訝な顔をしつつも五十嵐がうなずいてくれたので、南は大葉を数枚手にして部屋に引っ込む。丁寧に大葉を洗い、冷蔵庫からちくわを出して荷物の中をさぐって調理道具と食器、保存食として常備してある梅干しを取り出した。ちくわはわさび醤油で食べようと思っていたが、大葉があるならアレンジしない手はない。ちくわを庖丁で開き、大葉をのせ、潰した梅を置いてくるくると巻き、爪楊枝を二本刺して真ん中で切る。それだけで、シンプルだがさっぱりとおいしいつまみができあがる。

「どうぞ」

お皿にのせて差し出すと、五十嵐が驚いたように固まった。

「ちくわと梅と、大葉です。……すっぱいの、苦手でした？」

露骨に警戒されてしまったので引っ込めようとしたら、追うように手が伸びてきた。身長が高いせいか、南が考えるより腕も長いらしく、細い指が爪楊枝にふわりと触れた。

「あ」

つい声が出てしまった。

なにごとにも距離をおこうとする彼のことだから、断ると思っていたのだ。

けれど彼は、爪楊枝をつかむと迷いなく南が作ったつまみを頬張った。そうしてまじまじと爪楊枝を眺めたあと「うまい」とつぶやいた。口元がかすかにほころんでいる。南も安堵とともに一つつまんで口に入れた。低カロリーで比較的安く作れて、なによりおいしい。

「先に帰っちゃってすみませんでした」

いっしょに部長に叱られるべきだった――反省する南に、二つ目のちくわを頬張りながら五十嵐は軽く首を横にふった。

「褒められることもあった」

「今日のことで、ですか？」

なにもかもがはじめての南は、善し悪しの判断がつかない。首をかしげると、五十嵐はうんうんとうなずいた。

「通報されなかった」

「――まさか出かけるたびに通報されてるとか」

軽い冗談のつもりで言ったら「いや」と返ってきた。さすがにそんなことはないかとほっとすると、

「十回に一回くらい」

続けて聞こえてきた言葉に変な声が出た。

「え、えええええええええ」

外回りで十回に一回の通報。入社式のとき、先輩社員たちがじろじろ見てきたのは、仕事の特殊性もさることながら、通報の多さも起因しているのではないか。警備会社が日常的に警察のご厄介になってるなんて大問題だ。

悪くない職場だと思った。けれど、彼のことだけは不安で仕方なかった。

「よろしく」

「……よ……よろしくお願いします」

ちょっとお酒が回りはじめたのか上機嫌に缶ビールを差し出してきた五十嵐に、南はもう一度、手にしたチューハイの缶をコツンとぶつけた。

第二章　花をキる女

1

スズメの鳴き声の隙間を縫ってノックの音が聞こえてきた。

「ん……んんんん?」

繰り返される音に、南は身じろいで寝返りを打つ。刹那、顔面になにかがぶつかってきた。「ぎゃっ」という悲鳴とともに目を開けると段ボール箱が見えた。右を見ても段ボール箱、左を見ても段ボール箱、段ボール箱だらけだ。

「はれ……?」

間抜けな声をあげて起き上がる。フローリングに敷き布団と毛布だけを出し、周りは段ボール箱だらけ。

「……そっか。私、引っ越したんだ」

初出社に引っ越しと、めまぐるしかった一日を思い出す。疲れた体には軽いアルコールでも効果覿面で、五十嵐と別れたとたんに睡魔に襲われてしまった。だから荷ほどきはあきらめ、下着を引っぱり出してシャワーを浴び、ぐるぐるに巻いてあった寝具を床の狭いスペースに敷いて横になったのだった。

「今何時？」

確かスマホはこの辺り、なんてさぐっていたら、七時三十分だった。始業は八時だ。早めに出社して掃除しようと七時にアラームをセットしておいたのに、無意識に切って二度寝してしまったらしい。

青くなって飛び起き、いまだ繰り返されるノックの音に焦りながらドアを開けた。

「は……え？　鳳（おおとり）さん？」

制服にエプロンをつけ、メイクもバッチリな鳳山子（やまね）がひらひらと手をふりながら立っている。

「おはよう、早乙女（さおとめ）さん。ごはん作ったから着替えて下りてきて」

山子は言うだけ言って去っていった。ぽかんと見送った南は、すぐにわれに返ってカーテンを開けた。

「うわあ……」

道路を挟んだ向かいのアパート、二階の角部屋のベランダに黒いもやがいた。そこから動けないのか、動く気がないのか、ずっとたたずんでいる。一晩寝れば見えなくなるかも――なんて、甘い考えだった。

溜息とともに顔を洗い、脱ぎ捨ててあったスーツをパタパタと払って段ボール箱の中からシャツを引っぱり出した。事務職なら制服が支給される。それを見越してスーツは面接用に買った一着しか用意していなかった。まさか辞令が遺失物係で、仕事内容がアレだなんて考えもしなかった。

「スーツ買わないと……ああ、出費が……!!」

〝住人〟は気になるが、直近の問題は生命維持に直結する現金不足である。引っ越しにお金がかかり、バイト代をほとんど使い果たしてしまっていた。不測の事態に備えて多少の蓄(たくわ)えはしておきたいので、高価なスーツを買うのは控えたい。しかし、服は先行投資だ。日々の食費を切りつめるほうが長い目で見れば効果が高い。

悶々(もんもん)と考えながら着替えて一階へ下りると、どこからかいいにおいがしてきた。

アパートは二階建てでそれぞれ三室あり、南の部屋は二〇三号室、二階の一番奥の部屋になる。隣の二〇二号室には五十嵐が住んでいるが表札はなく、二〇一号室も表札がない。それどころか一階のどの部屋にも表札がなかった。

防犯のためなのかと首をひねっていると、一〇二号室のドアが開いた。

「早乙女さん、こっちこっち」

ひょこりと顔を出して山子が手招きしてきた。戸惑いつつ「お邪魔します」と部屋に入ると、南の部屋にあるコンパクトキッチンとは違い、広々としたシステムキッチンが置かれていた。部屋の奥には六人掛けのテーブルがあって、内装もまったく違う。

「もともと下宿みたいなイメージで作られたアパートで、ここは共用スペースなの。部屋のキッチンって狭いでしょ？　ここだとのびのびと料理できるのよね」

「鳳さんもこのアパートに住んでるんですか？」

「一〇三号室、早乙女さんの下よ。ちなみに一〇一号室は根室で、二〇一号室は空室よ。会社からは近いけどボロいから人気なくて、入居希望者も下見してやめちゃうのよね。だから早乙女さんが久しぶりのご新規さん！」

　時間がなくて下見どころか荷物が届いたのもギリギリ昨日だった。事前に見ていたら、家賃をちょっとよぶんに出してでも、もう少しきれいで防犯設備が整っているところに入居を希望したかもしれない。

「防犯は自腹よ。あ、それからごはんは前払いね！」

　シビアに請求されて「取るんだ」と心の中で突っ込んでしまう。差し出されたのはタヌキの置物の形をした貯金箱だった。

「料金は良心にお任せします」

「い……今、お金があまりないので」

　万端の準備を整えていた南は、出勤用に持っていたカバンから財布を取り出し、百円玉を二枚、貯金箱に落とした。

「毎度～」

ニコニコ笑う山子が、テーブルにつくよう南をうながした。

「そ、それより気になるんですが」

南はキッチンを見る。

「なんで五十嵐さんがキッチンに？」

長方形のフライパンを器用に操りながら、だし巻き玉子を焼いていた。

「五十嵐は卵料理が得意なのよ。っていうか、卵料理しか作れないのよ」

「卵は完全栄養食品」

五十嵐は箸(はし)で支えつつ玉子をくるりと巻き、抗議の声を小さくあげる。

「牛乳に並ぶ二大栄養食品で、正しく保存すれば五十日は生で食べられる驚異の動物性タンパク質。その中に含まれるアミノ酸のうち九種類は必須アミノ酸で、体内で生成することができない。卵白に含まれるアミノ酸は体を構成する筋肉のアミノ酸に近く、不足すると免疫(めんえき)力の低下、疲労の増加、肌荒れなどの症状を引き起こし――」

「ごめんね、早乙女さん。五十嵐は卵信奉者なのよ」

だし巻き玉子を焼きながらブツブツ唱えはじめる五十嵐に驚愕(きょうがく)していると、山子が耳打ちしてきた。

「卵は栄養たっぷりだって言って、生卵に穴開けて、醤油入れてすすってたの。昔から変な子だったのよ～」

ケタケタと笑われて、五十嵐の肩がわずかに落ちた。

「……完全栄養食品……」

「私、料理作るの好きだから、不摂生な輩のごはんを作ってるの。ささ、どうぞ」

誘われるままスリッパに履き替えて着席する。テーブルの上にはすでに大きなお椀に具だくさんの豚汁が入れてあった。すかさず山子が炊きたてのごはんをお茶碗によそってくれた。玄米茶だろう。湯飲みから香ばしい香りがただよってくる。追加で出されただし巻き玉子はプロ顔負けのできだった。

「いただきます」

手を合わせて箸を取る。豚汁に口をつけると、体の奥からほこほことしてくる。ネギ、ゴボウ、にんじん、大根など野菜がたっぷり入った豚汁には、どうやらショウガも入っているらしい。だし巻き玉子はふっくら柔らかく、少し濃いめの味つけでごはんが進む。

夢中で食べていると、食器がからっぽになっていた。

「ご、ごちそうさまでした」

「夕飯は生姜焼きだけど食べる？　昨日も誘いたかったんだけど遅くなっちゃってできなかったのよ」

五十嵐と違い、山子は人付き合いが得意なようだ。

「趣味が料理って、鳳さん、女子力高いんですね」

大学に入って一人暮らしだったから、南も一通りの家事はできる。しかし、得意というわけではないし、料理のレパートリーだって多くない。

素直な賛辞に山子はカラカラと笑った。

「趣味は登山！　料理は好きなの」

ぐっと腕を曲げると、服の上からでも力こぶができるのがわかった。バリバリのアウトドアだ。「目指せエベレストー!!」と、明後日の方向に向かって吼えている。

「鳳さんは筋肉ゴリラ」

新しく焼き上がっただし巻き玉子を持って五十嵐がやってきた。

「それセクハラ発言じゃない!?　なによ、五十嵐だって細マッチョのくせに！　岩壁登攀で勝負するかー!?」

「ちょ、近！　近い!!」

山子に襲いかかられて五十嵐が逃げている。山子は見るからに健康そうだが、五十嵐は雰囲気や体型から、どちらかというなら不健康に見えていた。しかし、意外と体は鍛えているらしい。対角線上に腰かけて朝食をとる五十嵐をちらりと見ていると、視線に気づいたらしい彼が顔を上げた。

「お粗末様でした」

「あ……えっと、ごちそうさまでした。だし巻き、おいしかったです」

思いがけず古風な言葉が返ってきて口元がほころんでしまった。箸の持ち方がきれいだなあ、と感心していたら、箸使いもきれいだった。五十嵐をじろじろ見過ぎている自分に気づき、南は慌てて話題をふった。

「他に得意料理はあるんですか？」

「卵料理」

どや顔で返ってきた。

「五十嵐は卵食べてれば平和だから」

「完全栄養食品」

ちゃちゃを入れる山子にもどや顔で返している。山子の言う通り、五十嵐は心底卵を愛しているらしい。噴き出したあと、南は山子に質問した。

「仕事のことで確認したいんですが」

「仕事も人生も先輩は部長だから部長に訊いて」

バチンと派手にウインクされたので、南は素直にうなずいた。


始業五分前に出社し、掃除をはじめる。所要時間は十分。長すぎず短すぎず、という印象だった。

部長は朝のミーティングに出かけ、八時半に戻ってきた。

「京都支部でシステムトラブルがあったそうだよ。不用意にメールは開かない、アドレスはクリックしないことを徹底するようにって。ウイルス駆除ソフトがちゃんと稼動してるか各自確認してね。あ、早乙女さんのパソコンはこれね」

南は部長から、社名とナンバーがプリントされたシールが貼られているノートパソコンを受け取った。

「ありがとうございます」

「書類作成、連絡事項、調べ物……まあ、僕より使いこなせると思うけど」

「い、いいえ、パソコンは、レポートのときに学校のをちょっと使わせてもらっていたくらいで」

「あー、最近の子はスマホで事足りちゃうもんねえ。でも、書類とかはパソコン便利だから覚えておいてね。メールでいっせいに業務連絡入ることもあるから。仕事中の持ち出しはいいけど、持ち帰りは基本的に禁止だよ」

「わかりました」

少し古い型のようだが、南にとっては貴重品だ。緊張気味に机に置いてから部長へと視線を戻した。

「質問をいいですか？」

「もちろん」

「……異界とか、住人ってなんですか？」

うん？　と首をかしげた部長は、五十嵐に視線を投げる。「話してないの？」と言いたげな部長に五十嵐は固まり、そんな彼を見てすぐさま察してくれたらしい。

「異界っていうのは、つまり〝未知〟ってことだよ」

「未知、ですか？」

「そう。すべてが解明されていない世界。ある人は世界そのものだと言い、ある人はあの世と言い、ある人は記憶だと言う。時間軸(じく)さえないと噂(うわさ)されるほどひどく曖昧(あいまい)なものなんだ。〝住人〟は、本来そこにいるべきヒトたちのこと」

〝ひと〟の発音が少し不自然に聞こえた。そのニュアンスが、〝人間〟と〝住人〟を隔ててでもいるように。

「住人は、一部では死人と言われ、あるいは怪物、怪異とも言われ、さらには災厄（さいやく）とも言われていて、ときどきこちらに迷い込んではひずみを作っていく。僕たちの仕事は、そんな彼らの憂（うれ）いを取りのぞいてもとの世界に戻してあげること。これは上からの依頼でもあるんだ」

「上？」

「そ。国からの」

「え⁉」

「警備員って住人と搗（か）ち合うことが多いんだよね。で、国から、エンカウント率が高いのを見越して平穏にあちらに帰すよう頼まれてできた部署がここ。でもまあ、業務内容が特殊すぎて公言できず、会社では変人が集まってる穀潰（ごくつぶ）し部署って後ろ指さされて風当たりがきついんだよ、ごめんね？」

ぽっちゃりオヤジが小首をかしげながら謝罪してきた。返答に困る謝罪だ。

「――遺失物係って〝イケイ〟って言われてるんですよね？」

「そうだよ。言いやすいでしょ」

「……イケてる遺失物係で〝イケイ〟じゃないんですか」

入社式のときの社員の反応から違うとは察しつつ、南はそう尋ねていた。

部長が軽く肩をすくめる。

「どっちかっていうなら、イカレてる係で〝イケイ〟だねえ」

「鳳さん、話が違いませんか!?」

南の悲鳴に山子は「イケてるのに～」と持論を口にする。本気でそう思っているのが、彼女の表情からも読み取れた。

南は小さく息をついてから苦笑する部長へと視線を戻した。

「綴化ってなんですか？」

「それに関してはなかなか難しくてねえ。異形化って呼ばれることもあるけど、執着そのものに転化して──昨日見た住人はどうだった？　怖かった？　気持ち悪かった？」

「びっくりしました。頭が板になってもしゃべれるんですね」

率直に返すと部長はきょとんとし、盛大に噴き出した。

「そうかそうか、びっくりしたか。ここ、続けられそう？」

唐突に質問を変えられて南は口ごもった。

居心地はいいと思った。悪くない職場だと、そう思ってもいた。そう思っていても、改めて「続けられるか」と問われると不安を覚えてしまう。

どう答えようかと考えあぐねる南を見つめ、部長が言葉を続ける。

「本当は一週間くらい様子を見ようと思ったんだ。だけど、初日に〝外回り〟が入っちゃったでしょう。あれが君の主な仕事なんだ。やっていけそう?」

重ねて問われ、南はぐっと唇を噛む。

辞令が出た直後は異動願いを出そうと思っていた。住人を見てからはやっていけないと、退職さえ視野に入れていた。

けれど、昨日触れた世界は、けっして不快なものではなくて。

「しばらく頑張ってみたいと思います」

「——うん、いい答えだ。軽々しく〝大丈夫〟と言われるより、ずっと信頼できる」

笑顔とともに肯定の言葉が返ってきてほっとする。隣に座っている山子も笑顔だ。心なしか、正面に座る五十嵐も安堵しているようだった。

「部長、新歓の準備は任せてください!」

山子が男前に親指をたてて意気込んでいる。「お酒出るの?」と部長が恵比寿顔で尋ねると、山子が「おまんじゅうもおつけします」と請け合っている。昨日も思ったが、上下関係が比較的ゆるい職場らしい。

「そうだ、言い忘れてた。早乙女さん、服はスーツじゃなくて平気だよ。社会人としての常識の範疇、相手に不快感を抱かせないものならＯＫだから」

「いいんですか!?」

「うん。多少ラフなほうが、外回りのとき相手の警戒心もほぐれてちょうどいいしね。事務員みたいに制服貸与できなくて申し訳ないけど」

「い、いえ！　全然!!」

欲を言えば制服がほしかったが、スーツ以外を着用してもいいというのは金銭面で大変ありがたい。家に帰ったらさっそく荷ほどきの続きをしなければと意気込んでいると、

「早乙女さん」と山子が小声で呼びかけてきた。

「まだ見える？」

窓の外を指さされ、南はうなずいた。電柱を登る黒いもやが、さっきから繰り返し落ちている。

「……あれ、人の形になったら間違いなくホラーですよね」

正体不明な黒い塊だから〝奇行〟で見過ごせる。だからあのままでいるか、消えてくれるのが一番いい。

「眼鏡外しても見えるって、かなり特殊よねえ。早乙女さんって、めちゃくちゃ相性がい

いのね」

思案する山子に南は目を剝いた。

「普通、見えるんじゃないんですか!?」

「んー。たとえば、目が悪い人が眼鏡をかけるとものがよく見えるようになるでしょ？　でも、眼鏡をはずしたら見えなくなる。眼鏡は視力を補助する道具であって、目そのものをよくするものじゃないのよ」

大変わかりやすいたとえに、南はさあっと青くなった。

「でも、五十嵐さんは！」

「五十嵐くんは生まれつき見えてる子だから例外」

こんなものを子どもの頃から見続けたのかと思うと、ちょっとぞっとしない。そしてどうやら、南もぞっとしない状況にあるらしい。

「こ……これ、戻らないんですか？」

青くなる南から視線をはずし、山子は部長を見る。部長は思案顔だ。

「う――――ん。そうか、まだ見えてるのか。他の支部にも確認取ってみるけど、僕もそういうのは聞いたことないからなあ」

「あ……あの眼鏡って、なんなんですか」

「ん？　あれねえ、綴化末期のヒトの欠片(かけら)で作られた眼鏡なんだ。世界に百本しかない特注品」

「呪いのグッズじゃないですか……!!」

「大丈夫、大丈夫。見えるだけだから」

　確かに軽々しく言われた〝大丈夫〟ほど信頼できないものはない。こんな即行で実感できると思わなかった。

「だ……大丈夫」

　フォローのつもりらしく、五十嵐まで信頼できない言葉を吐いた。

2

　どれだけ時間が経過しても、一度見えるようになったものは見え続ける。

　昼食を買うためコンビニに向かう途中、横断歩道を駆けていく黒い塊を見て南は渋面(じゅうめん)になった。

「あのヒト、なにしてるんだろう」

「住人が〝人〟とは限らないのよ。異界にいるモノの総称だから」

山子の言葉に南は足を止める。

「えーっと、たとえば、置物だったり、昆虫だったり、正真正銘化け物ってこともあるって意味」

「……置物に命はないと思いますけど」

それなのに〝住人〟とは。曖昧すぎる基準に、本当に〝未知〟なのだと実感する。しかし、相手が未知だとしても無視はできないから対処してる──そんなところか。

「んー、んんんん。さっき部長が言ってたでしょ。眼鏡作るときに協力してくれた綴化末期のヒト。あれ、もともとは置物なのよ。瀬戸物だったの」

「……はあ」

「だから、住人がみんな元人間ってわけじゃないの」

「綴化したらそんなヒトと会話しなきゃいけないんですか」

「大丈夫。末期のヒトは言葉が通じるか、言葉が通じないかの二通りしかいないから」

全然大丈夫じゃない。「大丈夫」という言葉にこれほどありがたみを感じなくなる日が来るなんて思わなかった。

横断歩道の前で立ち尽くすスーツ姿の住人から十分距離を取りつつ歩いていると、「あのヒトはもう二十年くらいあのままだから、たぶんずっとあのまま」と教えてくれた。危険でないのなら無理やりかかわらないというのが遺失物係の方針なのだ。

南はコンビニでおにぎりとサラダを買った。山子は自分の昼食と、五十嵐たちから頼まれたお弁当や甘味を買ってレジをすませる。

「……部長のお昼が、甘味だけに見えるんですが」

「大福にどら焼きにみたらし団子、デザートはチーズケーキよ」

南からしたら全部デザートだが、どうやらはじめの三つは主食らしい。糖尿病になりそうなチョイスだ。カップ麺とおにぎりが、まだまともに顔も合わせていない根室のぶんで、目玉焼きがついた無難なハンバーグ弁当が五十嵐、山子は野菜たっぷりの弁当とタンパク質を意識したらしい若鶏のサラダチキンだった。

会社に戻って給湯室でお茶を淹れて、ツナマヨおにぎりにほっこりしていると、ふいに内線が鳴った。電光石火で受話器を取ったのは、昨日に引き続き部長だった。

「根室くんどうしたの？」

また奥の部屋からかけているらしい。なぜ出てこないんだと奇妙に思っていると、部長の表情が刻々と険しくなった。

受話器を置いた部長がちらりと五十嵐を見た。次いで、南を。

まさか昨日と同じパターンか。

身構える南の耳に、果たして出動の命が下った。

「二三〇〇九番、カテゴリーⅢ、綴化だ。出動してくれる？」

問う声は硬かった。


食べかけのおにぎりを口の中に押し込んで、サラダは山子に指示されるままペンで名前を書いて冷蔵庫に入れ、慌ただしく社用車に乗り込む。南がカーナビに目的地をセットすると、五十嵐は指示通りに車を走らせた。

向かったのは、春先には桜がきれいに咲き誇るであろう河川敷だった。今は花の代わりに青々とした葉が生い茂り、ふくよかな春風に揺れている。

「綴化って、こんなに頻発するものなんですか？」

部長や山子の様子から、とてもそうとは思えなかった。案の定、五十嵐もハンドルを握ったまま首を横にふった。

目的地付近に着くと一番近くにあるコインパーキングに車を入れ、さっそく対象を探しはじめた。

綴化は個体差があると、あらかじめ車中で説明を受けていた。もっとも五十嵐の説明はだいぶ言葉足らずで、実際に見てみないと判断できないというのが南の考えである。

川沿いの道をしばらく歩くと視界に赤いものがチラついた。血のような毒々しい赤。ざわりと鳥肌が立ったのは、ソレが不気味でありながらも美しかったからだろう。

道路の真ん中に立つのは、全身を赤く染めた女だった。

「すごい色使いですね」

昨今、なかなか見かけないほど派手な赤いドレスだ。そう思った。近づくまでは。

「……ドレスじゃない」

赤いドレスに見えたもの――それは、すべて花だったのだ。赤い花をまとった女は、仮面のような白い顔を河川敷に向けていた。白く不自然な顔より体に咲く花のほうに視線が行ってしまうのは、花の種類が特殊であるためだろう。

一般的に秋に咲く花だ。呼び名は多数ある。最近ではリコリスと呼ばれることもあり、さまざまな園芸品種が世に出て人々の目を楽しませている。

けれど、一般的な呼び名はこうだ。

彼岸花（ひがんばな）。

すっと伸びた茎に反り返った赤い花弁が特徴の、毒を持つ花。

女はそれを全身にまといつかせて立っていた。

「うわあ」

見るからにヤバそうな格好に南は立ちすくみ、五十嵐もドン引きしているようだ。独特の美しさはある。けれどそれ以上に気味が悪い。同じ赤なら薔薇(ばら)にすればいいのにと思ってしまう。

「と……とりあえず、状況確認ですか？」

五十嵐はこくりとうなずき、「すみません」と花をまとう女――〝花女(はなおんな)〟に声をかけた。

刹那。

花女は全身の花を散らせ、赤霧となって消えてしまった。


「な、な、なんなんですか、あのヒト！　声かけただけで消えちゃうって、照れ屋さんなんですか!?」

びっくりしすぎて声が裏返る。

「たまにある」

「あんなことがたまにあるんですか!?」

未知もすぎれば怪奇現象だ。

ドルが高い。
あんな照れ屋と会話し、そこから必要な情報を入手するなんて、昨日の板男よりハー

しばらくうろうろと待ってみたが、遠くで草野球を楽しむ大人たちがいるだけで花女が出現する様子はなく、辺りを徘徊する不審者二人が目立ってしまい、仕方なく移動することになった。

五十嵐が通報される意味がよくわかる。一人でやっていたら間違いなく警察沙汰だ。子どもがいる家庭はもちろん、一人暮らしの女性だって見知らぬ男が近所をうろついていたら怖いに違いない。

もっとも、二人だから不審者レベルがやわらいだかといえばそうでもないのだが。

会社に戻ると、五十嵐は部長にかいつまんで経緯を報告した。

「花をまとう女性か。関連がありそうな事件は」

部長の問いに「記憶にありません」と五十嵐は思案しつつも簡潔に答える。

「なにかヒントがあるかもしれないから一度調べてみて。根室くん、視認できたら報告よろしくね」

奥のドアに向かって部長が声をかけると、ドアが小さく開いてひらひらと手がふられた。

南は悶々としながら口を開く。

「こういう仕事は警察のほうが向いていると思います。警察官なら取り調べも簡単だし、巡回しても変な目で見られたりしないだろうし……」

　住人を異界に戻すための情報収集や巡回は、警備会社より警察のほうがスムーズにいくだろう。そう感じて南が意見すると部長は苦笑した。

「早乙女さんは、いきなり警察官に声をかけられたらどう思う？」

「え……な、なにか、事件があったのかと……」

「警察官が家の周りを巡回していたら？　巡回して調べ物をしていて、どんなに尋ねても納得いく答えをもらえなかったら？」

「……不安になると思います」

　なにか隠しているのではないか。もしかしたらすぐ近くで事件が起こって、非公開の捜査をしているのではないか。頻繁に警察官を目撃すれば、得体の知れない気味悪さを感じるのは間違いないだろう。

「警察は市民の安全を守ってくれるけど、身近に感じるのと、実際身近にいるのでは感じ方が違う。そういうことだよ」

　連携を取ることはあるけどね、と、部長は付け足した。

納得して席に着いた南は、五十嵐に花女が出現した近辺の事件や事故をまとめた書類を渡された。

その日は書類を読んで終わった。


アパートを出て東に行けば国道があり、国道沿いに会社がある。

そして、西に行くと、スーパー鬼久保（おにくぼ）がある。山子おすすめのこのスーパー、単身者にとても優しく、惣菜（そうざい）がかなり充実している。魚も良心的な値段で一切れから売られているし、肉類もお手頃価格なうえにグラム売りだ。そしてなにより驚いたのは、賞味期限ぎりぎりの商品が〝大特価〟と書かれたワゴンにまとめて置かれ、投げ売りされていた点である。


「お、鬼久保さん最高……!!」

夜は山子が作る生姜焼きだ。夕飯の支度をしなくていいと思うと気分的に楽で、南はウキウキと晩酌（ばんしゃく）用のお酒を大特価のワゴンから選び、プロセスチーズといっしょにレジに向かった。耳を疑うほど安い料金を払い、次からはまとめ買いをしようと心に誓いながらアパートに戻る。着替えて晩酌の支度をしつつ荷物をほどいていると、あっという間に七時を過ぎていた。

「しまった！　ごはん!!」

間違いなく原価割れしている代金しか払えていないのに、ただ食べるだけというのはあまりに申し訳ない。だから手伝おうと思っていたのに、一〇二号室に行くと、すでに大量の生姜焼きが盛られた大皿がテーブルに置かれていた。

「あら、今ちょうど呼びに行こうと思ってたところよ」

「すみません、手伝うつもりだったのに……」

「いいのいいの、五十嵐を奴隷のごとくこき使ってるから！」

いそいそと皿を運ぶ五十嵐が、山子の言葉にびくりと振り返った。五十嵐が手伝って、後輩の南がなにもせず食卓に着くなんてとんでもない――南は焦った。

「なにか手伝えることは!?」

「んー、じゃあ一〇一号室に行って根室呼んできて」

「いってきます！」

大急ぎで一〇一号室に向かう。そういえば、入社して二日たつのに見たのは彼の手だけだった。一体どんな人物が出てくるのかと、南は緊張気味に一〇一号室のドアを叩く。

がしかし、反応がない。

「根室さん、ごはんができたそうです。根室さん？」

人がいる気配はするのに返事がない。寝ているのだろうか。南は何度かノックを繰り返したが、やはり反応がない。

もしかして、体調を崩して動けないのかもしれない。

「根室さん、大丈夫ですか？」

声をかけながらドアを叩いていると、不用心なことにドアが少し開いた。勝手に開けるのはマナー違反だ。だが、一刻を争う事態かもしれない。意を決して隙間から部屋を覗(のぞ)き込むと、部屋の中は薄暗く、そのうえ不自然に光がチラつき、なんとも不気味な雰囲気だった。

「根室さ……っ……!?」

ドアを大きく開け、南は固まった。

部屋は南のいる二〇三号室と同じ間取りだった。手前にキッチンが、反対側にトイレと風呂場があって、奥はフローリングになっている。

けれど、同じなのは間取りだけ。

それ以外は明らかに別物だ。

壁一面に設置されたいくつものモニターと、ごうごうと音をたてる機械の数々。部屋の狭いスペースに敷かれた万年床(まんねんどこ)にあぐらをかいて、男が一人、魅入られたようにモニターを見ていた。

モニターに映し出されているのは、海外とおぼしき町のものだったり、どこかの交差点だったり、ビル群を俯瞰する定点カメラのものもあった。圧倒的に多いのは個人宅のものだ。リビングもあれば廊下もあり、中には寝室で、今まさに眠ろうとしている人が映し出されているものもあった。

「と……」

「盗撮とは心外な」

批難する前に弾むような声が聞こえてきた。

「これは一般公開されている、誰にでも普通に見ることができるライブカメラの映像だ。今どきパスワードも設定せず垂れ流すなんて防犯意識の低さを物語ってるじゃないか。見てくれって言ってるようなもんだろう。この変態どもめ!」

「覗きは犯罪です、根室さん」

呆気にとられる南の背後から五十嵐の呆れ声が聞こえた。はっと振り向いた南は、思い切り彼の胸に鼻をぶつけてしまった。

「すみません……!!」

南がうめくのと、五十嵐が飛びのくのはほぼ同時だった。

「お、俺のほうこそ、ごめん。鳳さんが、根室さんは存在が有害だから接触させるなって急に言い出して！」

よほどパニックらしく、あわあわと説明してくれた。

「俺は静かに下々の生活を見守ってるだけだ。身を粉にして働くがいい、愚民ども！」

「根室さん、中二病をこじらせたまま十七年もたってるから末期なんだ」

「可哀想に……」

「そこ！　勝手に同情するな！　これは俺のライフワークだ！」

振り向いて怒鳴る。意外なことにさらさら茶髪のイケメンだった。本当に、心の底から可哀想でならない。ファッション雑誌を参考に着飾って町に出れば注目の的になるであろう甘いマスクなのに中身が破綻しているなんて。

「夕飯の支度ができたんですけど食べますか？」

五十嵐が声をかけると、根室は抗議の声を引っ込めてのそのそと立ち上がった。茶色の甚兵衛が個性的だがよく似合っている。見るからに不健康な趣味だし、野菜など毒だと言わんばかりのチョイスだった昼食を考えると不摂生も日常っぽいのに、長身のイケメンなうえに肌艶もいいのが憎らしい。

「……なんで睨むんだ」

「いえ。イケメンは滅びればいいなと思って」

「はあああ!?」

根室の素っ頓狂な声を無視し、南は一〇二号室に戻った。

存在自体が不公平な根室のことはさておき、生姜焼きは生姜がよく利いて大人向けな味つけで、大変おいしかった。


満腹になると二〇三号室に戻り、冷蔵庫から賞味期限間近のチューハイとだし醤油で満たされた小鉢を取り出す。爪楊枝を使ってだし醤油の中から取り出したのは、あらかじめ漬け込んであったプロセスチーズだ。

小皿に移して窓辺に移動する。

窓を開けるとなにかが飛翔していくのが見えた。

以前は見えなかったもの。昼間に動く住人がいるように、夜しか動かない住人もいるらしい。

板男に会う前だったら、きっと気味が悪くて仕方がなかっただろう。

「これ、ずっと見えるのかなあ」

　知らなければ知らないまま過ごしていただろう日常だ。しかし、知ってしまうと気になってくる。空を飛翔するものも、闇夜に踊る黒いもやも、なにかを探し、なにかを求め、ここにいるのではないかと。

「そんなことない」

　ふいに聞こえてきた声に、南はゴホゴホと咳き込んだ。飲み込んだお酒が気管に入ってしまったのだ。

「だ、大丈夫？」

「見えなくすることができるんですか」

　苦しい息の合間に尋ねると、五十嵐が缶ビール片手にうなずいた。どうやら夜風にあたりながらの晩酌は、彼の日課のようだ。

「見えなくするんじゃなくて、見えないように意識を逸らす」

「意図的に見えないようにするってことですか？」

　視界で動いているものをその都度無視するなんて、それはそれでハードルが高い。

「……昼間の花のヒトみたいにみんな消えちゃうことは……」

「ない」

　きっぱり否定されてしまった。

「花女は消えたんじゃない」

「でも、どこにもいませんでした」

「自分からあっちに帰る住人はいるけど、花女は、たぶん、違う」

「どうしてそう思うんですか?」

　納得いかずに南が問うと、缶ビールを見ていた五十嵐の眉にぐっと力がこもった。

「花女は綴化してるから。そうなる原因を、自分からあきらめるとは思えない」

「今のところ被害はないんですよね？　だったら、現状維持じゃだめなんですか?」

　五十嵐がちらりと南を見た。彼の右半分——髪に隠れた顔が闇に溶けていく。ぐいっとビールをあおり、苦いものを飲み下すように顔を歪める。

「住人の綴化は異形化を意味する。今は咲くばかりの花も、危険な毒の花になりかねない。彼女は不安定すぎる」

　南の目から見れば、花をまとうだけの女だった。けれど、五十嵐の目にはそうは映っていない。カテゴリーⅠとカテゴリーⅡは見逃すが、Ⅲになると否応なくあちらに帰す。もっとも、彼らが探しているものを見つけて帰すというのだから、彼らにとっても悪い話ではないのだろうが。

　なんとなくモヤモヤしたが、南はいったんその場を離れ、シンクの引き出しから取り出した小皿にチーズをのせて窓辺に戻った。

「どうぞ」

差し出すと怪訝(けげん)な顔をされてしまった。一見すると茶色いゴムに見える代物(しろもの)だから、警戒するのも当然だろう。

「チーズの醤油漬けです。味が濃いから爪楊枝で少しずつ食べてください」

恐る恐る手に取った五十嵐は、南が指示するまま爪楊枝でチーズの先を崩して口の中に入れた。漬け時間は四時間ほどなので、濃すぎるということはないだろう。様子をうかがっていると、五十嵐が目を瞬(またた)いてから南を見た。

「早乙女さんは、うわばみになりそう」

声のニュアンスから悪い意味ではなさそうだが、〝うわばみ〟のイメージは巨大な蛇(へび)だ。大蛇(おろち)である。南は困惑のまま言葉を繰り返した。

「うわばみって」

「酒飲み」

心外な言葉が返ってきた。

「私、アルコールは弱いです。缶のチューハイ、半分でわりとぐらぐらですからっ」

「酒の肴(あて)がエグい」

「褒めるならちゃんと褒めてください。次は味玉作る予定なんです！　ちゃんと褒めてくれないとあげませんよ!?」

卵を崇拝する彼は、南の言葉に真剣な顔になった。

「エグい」

「それ褒め言葉じゃないって言ってるじゃないですか――!!」

南が訴えると、五十嵐がかすかに笑った。「エグいなあ」と、まだ言っている。どうやら本気で褒め言葉のつもりらしい。つられて笑って、南も小さく切ったチーズを口に入れる。醬油の風味とチーズのコクが混じり合って、いかにも酒好きが好みそうな味だった。

ふと、板男のことを思い出した。

花をまとう彼女も、穏便に帰してあげたいと、南はそう思った。

3

翌日、南は絶叫した。

「五十嵐さん、ストップ――!!」

視界が一瞬で真紅に染まる。

花びらだ。

視界いっぱい、息も詰まるほどにすべてを赤々と染め尽くす花びらが舞っている。

花の合間に五十嵐の姿があった。

彼の手には黒く塗りつぶされた鉄の棒が握られていた。

――三時間前には考えもしなかったホラーでスプラッタな光景が、南の目の前に広がっていた。


料理を手伝いたいと思いつつ、朝は一秒でも長く寝ていたい南は、結局、山子の厚意に甘えて朝食の支度は一切合切彼女に任せていた。

「だけど、五十嵐さんが卵料理作ってくれてるのに、後輩で女子の私が寝てていいものなの……？」

断じて否だ。けれど、慣れない職場に昼間は気が張り、帰宅後には部屋の片付けが待っていた。そのため、朝がさほど強くない南はどうしても起きられない。

酒の肴以外作れないと思われてしまいそうで女子としてはゆゆしき事態である。

「今日は卵かけごはん」

どーんと置かれたお茶碗には、ほかほかごはんとつやつやでプリプリの生卵がのっていた。由緒正しきスーパーフードがごはんに鎮座する姿に南は固まった。

「あ……あの、私、卵かけごはんはあまり得意ではなくて」

カッと五十嵐が目を見開く。

「江戸時代に生まれた卵かけごはんは世界最速のスローフードと言われ、ごはんに足りないアミノ酸を卵が補ってくれている、森鷗外(もりおうがい)も愛した出会うべくして出会った最強タッグだ。トッピングを変えることで味も無限に広がり、鉄板の醤油だけではなく――」

「いただきます」

熱意に負けた。

しかし、独特のヌルヌル感が南はどうしても好きになれない。せめて黄身にくっついた白いうねうねしたものだけでも取ろうと悪戦苦闘していると、五十嵐が驚愕の眼差(まなざ)しを向けてきた。

「それ取ってどうするの？　捨てるの？　捨てないよね？　白い糸状の部分はカラザといって主成分はタンパク質で、抗がん物質であるシアル酸が含まれている有用部位なのに捨てるの？」

「す……捨てません」

いつもは単語で話すのに、なぜ卵のこととなるとこんなに饒舌なのだろう。卵信奉者は朝っぱらから圧がすごい。

加熱してあればよかったのに——胸中で嘆いていると、五十嵐がひょいっと南のお茶碗を取り上げ、別のお茶碗を差し出してきた。こんもりと盛られたごはんの下に白い固まりが見える。ぷるぷると動くところを見ると、どうやら卵白のようだった。

「これは？」

「卵かけごはん」

あっさり返ってきて南はきょとんとした。確かに卵かけごはんには違いないのだが、生卵とは明らかに違う見た目だ。そおっと箸を差し込んでみたら、卵白は全体的にほんのり加熱されているようで一部が固まり、卵黄は完全に生のままだった。

いかにも南の反応を気にしている五十嵐をちらりと見上げてから醤油をたらし、ぐるっとかき混ぜる。固まりきっていないぷるぷるの卵白と卵黄がほかほかのごはんと混ざり合って、黄金色に輝いていた。

一口食べて、驚きに目を見開く。

「おいしいです」

ヌルヌル感がやわらいで食べやすい。

「軽く火を通した卵を入れてある。根室スペシャル」

　根室も生卵が苦手らしい。

「え。これ根室さんのぶんなんですか？」

　慌てる南に、「すぐにもう一個茹でるから」と、五十嵐がコンロに向かう。思わず目で追っていると、テーブルにナスの味噌汁が置かれた。さらに浅漬けと鮭が追加される。

「対人スキルが低いわりには気が利くでしょ」

　南の前に朝食を並べ終え、山子がにやりと笑う。

「そ、そうですね。……私、五十嵐さんにも女子力で負けそうです」

「あらら」

「頑張らないと」

　前向きに宣言してから胃を満たした頃、遅れて根室が食事にやってきた。

「ごちそうさまでした」

　食器をさくさく片付けて一足先にアパートを出る。通勤途中にいる黒いもやや人型の住人はさすがに見慣れたが、近くを通り過ぎるときは今も緊張する。小走りで出社し、社員証がピッと読み取られると安堵に肩の力が抜けた。

「おはようございます」

部長は遺失物係の中で一番出社が早く、退社が遅い。好みは甘味ということがわかっているだけで、どこに住んでいるのかなどプライベートを含めて謎が多い人だ。

南が一人せっせと掃除をしていると五十嵐が出社し、さらに山子、根室と順にやってきた。掃除を終えた南は、五十嵐とともに花女が出現したポイントを中心に事故や事件を洗い出した。花屋や園芸家、庭師、花の生産者、配達業者など調べられるだけ調べた。しかし、彼女に関連しそうなものは見つからなかった。

「彼岸花はお墓やあぜ道なんかに咲いてるから、栽培は関係ないのかも」

死人花(しびとばな)なんて別名すら持つ花をまとう心理とはどういったものなのだろう。考えれば考えるほどわからなくなる。

板男の報告書をまとめている五十嵐をちらりと見て、そういえば、と疑問を口にした。

「パソコンがあるのにどうして手書きなんですか？」

壁中に貼られた地図には、すでに花女の情報が書き込まれている。報告書も手書きだ。デジタル化が進む昨今、ここだけが時代に取り残されている。

「僕たちが取り扱ってるのはあっちのヒトだからね。ごく稀(まれ)に機械に干渉する住人がいて、データが吹っ飛ぶんだよ。意外とパワーがないみたいで被害範囲は少ないんだけど、警戒するに越したことはないから手書きで残して、それをデータベース化するの」

部長がちょんちょんとパソコンを指でつつく。

「まとめたデータは即時オンラインストレージに保存される。ただこれも繋げっぱなしにしておくとトラブルが怖いから、どこの遺失物係もいったんメモリーカードに保存して、郵送して、一括で管理するわけ」

「た……大変ですね」

「相手は未知だからね。ちなみにここが保管場所になってる」

「え、じゃあまさか根室さんが……」

そんな大変なことをしているのかと南が驚くと、すかさず山子が口を挟んできた。

「あれはただの、趣味覗き、特技覗きの中二病」

「や、山ちゃん、山ちゃん！　それ外で言っちゃだめだよ!?　彼一応うちの社員だから！」

否定しないうえに社員であることも〝一応〟らしい。

「データ管理は山ちゃん――鳳さんの仕事なんだ」

「私、機械には干渉しないので」

山子がキリリと自慢げに答えると、紹介した部長が「ははは」と乾いた声で笑った。全国から集められたデータを管理するのは、どうやら山子にとってちょっとした自慢らしかった。「地図で隠れてるけど、根室くんが籠もってるモニタールームとは別にもう一つ部屋があるのよ」と山子が教えてくれた。

「……事件や事故をまとめることって、意味があるんですか？」

板男のときも今回の花女も、五十嵐がまとめたデータは役に立ちそうにない。もちろん、ネットで検索しても関係がありそうな記事は出てこない。

「状況によるとしか言えないねえ。でも、無駄ではないよ。最近は綴化が増えて、データベースにもさまざまな事例が蓄積されている。それが彼らの役に立てばと、僕はそう思っているんだ」

隣人の話をするみたいな口調だった。

「げ……現場で、調べるのは」

「五十嵐くんは三回に一回は通報されちゃうんだ。早乙女さんが同行すると上手にカバーしてくれて本当に助かるよ。社員が連行されるのは、社としてはできるだけ控えたいからねえ」

部長の言葉を聞いて南は五十嵐を見た。すすすっと視線をはずされてしまう。

「十回に一回って言ってませんでしたか？」

その事実すら驚愕だったのに、三回に一回なんて、警察官と顔見知りどころか友人になれそうな頻度だ。

「五十嵐くん、嘘はだめよ、嘘は」

山子に窘められて五十嵐が肩をすぼめた。

「じゅ……巡回を合わせたら十回に一回くらい、の、はず」

「巡回って、車で回ってるだけじゃない。それで捕まってたら五十嵐くん自身に問題があるってことでしょ」

呆れられて五十嵐がますます小さくなる。ペンがうろうろと報告書の上を彷徨い、完全に止まった。それからいっこうに動く気配がない。

三分ほどしてからそっとペンを置き、書類を集めて机の隅に移動させはじめた。すぐにピンときて、南もファイルを閉じて机の隅に置いた。

予想通り五十嵐が車の鍵と社員証を手に立ち上がる。

「外回りにいってきます」

南も「いってきます」と部長と山子に声をかけた。

驚いたように目を瞬いたあと、部長が期待の眼差しを南に向けてきた。

「頼んだよ、早乙女さん」

「しっかりカバーしてあげてね、南ちゃん！」

山子は握りこぶしで応援してくれた。

「……南ちゃん、だって」

ニヨニヨと口元がゆるんでしまう。どうやら山子は状況によって呼び方を変えているらしい。仕事中は敬称をつけ、プライベートなら呼び捨てにするというように。そんな中での〝ちゃん付け〟である。特別待遇だ。

期待に応えようと、南は気合いを入れた。

しかし、だ。

昨日止めたコインパーキングに入る直前、五十嵐のスマホが鳴ったのである。彼の代わりに南が出ると部長からだった。

「花女さんが出たそうです。昨日とは違う場所だから、住所を送ってくれるって」

混乱しながら電話の内容を伝え、カーナビに住所をセットする。ナビの指示通り五十嵐が車を走らせると、全身を毒々しい赤に染め上げた女が歩道に立っていた。飛び抜けて目立つ格好だが誰も気にしないのは、彼女が誰にも知覚されていないから――それは、異様とも思える光景だった。

「……なんか、昨日と違いませんか？」

南が問う。昨日より赤が濃くなっているように感じたのだ。

五十嵐は無言のまま近くにあるコンビニに車を止め、前置きもなく駆け出した。

「五十嵐さん……!?」

山子が細マッチョと評するだけあって五十嵐は走るのも速かった。もっとも、身長も足の長さも違うので、ラフな格好に合わせてヒールもやめた今の南の足でも追いつけなかったのは当然だろう。

花女は、民家の隣、なにもない花壇を見つめるように立っていた。

見間違いではなく赤が濃くなっている。全身を包む彼岸花が増えているのだ。

カテゴリーⅢ、綴化。

彼女の周りの空気すらうっすら赤く染まっている。

反射的に南は足を止めた。

昨日とは明らかに違う。

近づくことが躊躇(ためら)われるほどの異変に息をつめる。

けれど、五十嵐は躊躇わなかった。

まっすぐ花女に向かうなり腰に手を回し、なにかをつかんで大きく腕をふったのだ。短い筒状のものが伸び、棒状の道具に変化する。

警棒だ。

そう気づいたときには、五十嵐は警棒を持つ腕を振り上げていた。

「五十嵐さん、ストップ――!!」

南は叫んだ。だが、間に合わなかった。

驚愕する通行人と、振り下ろされた警棒。赤い飛沫（ひまつ）とともに四散する花をまとう女――。

それはまるでスプラッタだ。できの悪いホラー映画だ。

飛沫が霧となって赤い花びらとともに渦（うず）を巻き、視界が一瞬、真紅の闇に呑（の）み込まれた。

すべてを赤々と染め尽くす花びらにめまいがした。

ぎゅっと目を閉じた南は、悲鳴にはっとわれに返る。

花女は姿を消し、警棒を持つ五十嵐だけが残されていた。

しかし普通の人からは、いきなり駆け出して警棒を振り回した男だけが見えているはずだ。間違いなく危険人物である。事実、彼を見て真っ青になる女の人の姿があった。それも、一人や二人ではない。

これが通報案件。警察沙汰の危険行為。

ざあっと血の気が引く。

「五十嵐さん！」

南は大声で叫んだ。ありったけの声だった。

警棒を無差別に振り回しているなら危ない人だ。その状況をうやむやにする方法——春らしく、誰もがなんとなく納得してしまう状況は。

南ははっと閃き、五十嵐の腕を取った。

「こんなところでいきなり素振りはじめちゃだめじゃないですか！　ほら、皆さんびっくりされてますよ！　すみません、今度草野球の試合があって、この人張り切っちゃって。もう、本当にだめですよ。バッティングセンターまで我慢してくださいってさっきも言ったじゃないですか！」

五十嵐の腕をつかんだまま驚愕顔の人々にお辞儀した。ぐいぐい肘で彼の脇腹を押すと、ようやく察したのか彼もぺこりと頭を下げた。

「本当、お騒がせしました。ほら、行きましょう。バッティングセンターはどこかなー」

わざとらしいほどの大声と派手な身振り手振りで辺りを見回し、五十嵐を引きずるように歩き出した。脇道に入ると建物に張り付き、陰からこっそり通りの様子をうかがう。幸い、誰もスマホを取り出していない。

通報の危機は脱したようだ。南はほっと胸を撫で下ろした。

「もっとちゃんと周りを見てください」

振り向いて懇願すると五十嵐は神妙な顔になった。

「見た」

「人がいっぱいいたのに」

五十嵐がこくりとうなずく。それは理解してくれているらしい。

「だから、被害が出ないように花女を散らした」

「そ……」

そっち!?　と驚愕する。人々の目を恐れた南と、人々への影響を恐れた五十嵐。その違いなのだ。声をかければ花女が勝手に消えたのではないかとも思ったが、五十嵐はより確実な方法を選択したのだろう。安全を第一に考える人に、なにもできなかった南が文句など言えるはずもない。

彼の行動の根底にあるもの。

「……それが通報の理由ってことですね」

合点がいって南がつぶやく。

「どれ？」

不思議そうな声で尋ねられ、南はもう一度驚愕した。どうやら無意識らしい。無意識に、おのれのことは一切顧みず、見ず知らずの人の〝最善〟を選び取ろうとする。

部長が心配する意味がわかった。山子がなにくれとなくかかわろうとする意味も、きっとここにあるのだろう。

「五十嵐さんって苦労体質なんですね」

そんな苦労体質の彼が警察沙汰にならないようフォローすること。それが今の南に一番求められていることであり、最重要課題であるのは間違いない。

一つ息をつき、五十嵐に背を向けてもう一度花女がいた場所を見る。幸か不幸か赤霧は消え、花女も姿を現さない。昨日と同じ状況である。だったらまた姿を現すはずだ。

「昨日の場所と今日の場所、なにか共通点があると思いますか？」

人の少ない河川敷と人の多い住宅街。正直、南には花女がなにを目的に現れたのかさっぱり見当がつかない。見つめているとふいに視界が暗くなった。

なにごとかと視線をあげ、ひゅっと息を呑み込んだ。

花女が気になっているのは南だけではない。五十嵐も同じように花女を気にして通りを覗き込んでいたのだ。

小柄な南におおいかぶさるように、彼女の上から。

「……っ……!!」

近い。花女を警戒するあまり南に気を払うゆとりがないにしても近すぎる。体を縮こめて「あの」と声をかけると、ふっと下を向いた五十嵐と至近距離で目が合った。

彼の右目はずっと前髪で隠れている。ときおりその場所は黒いもやに包まれ、彼の存在をひどく曖昧なものへと変えていた。触れてはならない部分――南にとって彼の右目は、そんな印象だった。

それがあらわになっている。

一見すれば普通の目だ。だがよく見ると、濃い青みがかかった虹彩には金や緑といった色が複雑に混じり合っていた。しかもそれが流動的なのだ。

「五十嵐さん、その目」

思わず声をかけると、彼ははっとしたように右目を押さえて後ずさった。顔色が変わった。それを見た瞬間、その目を彼が疎（うと）ましく思っているのを察した。

しかし南は気づかないふりをして言葉を続ける。

「根室さんが羨（うらや）ましがりそうですね」

「……なんで根室さん？」

戸惑いを浮かべ、露骨に左目をすがめる。

「中二病をこじらせているから」

オッドアイなんて、いかにも好きそうなネタだ。確信を持って断言すると、五十嵐の表情が少しやわらいだ。

「前に見たとき、普通にドン引きしてたけど」

「え……きれいなのに」

これは本心だった。神秘的できれいな目だと思う。もっとも、普通に生活していたら目立つから、やっぱり隠すことになりそうだけれど。

「そっちの目だと住人が見えるんですか？」

ぴくりと五十嵐の肩が揺れる。

「子どもの頃から見えてたんですよね？　私、まだ慣れなくていちいちビクッとしちゃうんですけど、ずっと見えてると慣れすぎて私とは違う意味で大変なんじゃ……」

「――悪いけど」

遮られて南ははっと口を閉じた。相手の気持ちも考えず無神経にしゃべりすぎた。普通と違う状況を苦痛に感じる可能性なんて、身に染みてわかっていたはずなのに。

「すみません」

南の謝罪に、「俺こそごめん」と返ってきた。ズケズケと質問した南に対して怒った様子はなく、むしろ少し申し訳なさそうだった。

優しい人なのだ。

そう実感した。

「ひ、ひとまず、調べてみます？」

南の問いに五十嵐がうなずく。南はほっと安堵した。

花女はいったん消えると移動するらしく、うろうろと捜し回っているあいだに部長から電話が入った。南たちがいる場所から車で十分ほど離れている公園に、花女が再び出現したというのだ。

最初は河川敷、次は住宅街、今度は公園。

一貫性がないにもほどがある。

「場所にはこだわりがない……？」

「意味はある」

悶々とする南に、五十嵐が幾分強い口調で返してきた。驚いて彼を見ると、少し動転したように「たぶん」とつけ加えてきた。

「——そうですよね。住人は、目的があってここにいるんだから」

きっと花女もなにかを探しているはずだ。強い執着を持ってここにいるはずだ。そんな彼女の執着を見つけ出し、異界に還す。それが南たちの仕事だ。

意気込んで車に乗り込み移動する。公園は広く、緑も多くてゆったりと散策するにはちょうどいい雰囲気だった。派手な色彩を探してしばらく歩き回ると、目的のヒトは遊歩道にたたずんでいた。

遠くからでもよく目立つ真っ赤な色彩――それが、さらに濃くなっている。

「五十嵐さん、花が……」

「増えてる」

「綴化が進んでるんですよね？」

幸い周りに人はいない。ほっとしつつ刺激しないよう遠くから観察してみたが、彼女は一歩も動かなかった。それどころか身じろぎ一つしないのだ。

「住人って、どのくらい危険なんですか？　実害が出るレベル？」

被害が出ると聞いていても、どの程度か想像もつかない。今さらな質問だったが、南は真剣に尋ねた。すると五十嵐も真剣な顔で答えた。

「死人が出るレベル」

実害どころの騒ぎではない。南は青ざめた。

「す……すみません。私、てっきり気分が悪くなる程度かと……」

「――そういう人間のほうが多い」

つまりは被害の幅が広い。だから五十嵐も実害が出る前に解決しようと必死なのだ。

今はまだ花女の探し物はわからない。

そんな中でできることはただ一つ。

「ち、散らしておきます？」

声をかければ散るはずだ。だが、より伝わりやすくするため警棒を持つイメージでスイングしてみせる。すると、五十嵐はかすかに目尻を下げた。

「また移動するだけだから」

「そうですよね」

奇行の理由がわかると、不信感は信頼に移行するらしい。南は素直にうなずいて花女の様子をうかがった。

花女の白い顔には、目と鼻と口らしき凹凸（おうとつ）があるだけで表情はない。なにを考えているかわからない点では板男に似ていた。花女が顔を向けている方角を見てみたが、生い茂る木とその向こうにビルがあるだけで特徴的なものはなかった。

こんな状況でなにをヒントに花女の探し物を見つければいいのか。

うなっていると、隣で「あ」と声がした。

「これだ」

五十嵐のつぶやきに顔を上げると、彼はスマホを見ていた。

「どれですか」

ひょいっとスマホを覗き込む。公園と彼岸花のキーワードの検索結果に、〝名所〟の文字が添えて表示されていた。

「この公園って、彼岸花の名所なんですか？」

秋にしか咲かない花だし、そもそも南は彼岸花にそれほど思い入れがない。桜なら盛り上がる人々につられて花見に行くが、お墓に咲く花というイメージが強いためか彼岸花を好んで愛でたりはしなかった。

「じゃあさっきの場所も？」

「た、た、たぶん」

五十嵐の声が裏返っていることに気づいて顔を上げた。一五一センチとやや小柄な南に対し、一八〇センチは超えているに違いない五十嵐との身長差はおおよそ三十センチ。ずいぶん離れているかと思いきや、南が背伸びをしてスマホを覗き込み、五十嵐がうつむいて同じスマホを見ていたせいで、さっき以上に顔が近かった。

「すみません……!!」

ひゃっと飛びのくと足下がぐらついた。慌てた五十嵐が、傾いた南の腕をつかんで引き戻してくれる。とんっと額がぶつかった彼の胸は思った以上に硬くて、「細マッチョ」という山子の言葉を思い出して狼狽えた。

「ごめんなさい！」

今度は安全に飛びのいた。ちなみに五十嵐は、南の腕から手を放すとそのまま固まり、一拍あけてギクシャクとスマホを操作した。

そして、新たな検索画面を南に見せてくれた。

かすかに赤くなった彼の耳には気づかないふりをしてスマホへ視線を落とす。そこには、河川敷に咲く彼岸花の写真が掲載されていた。

「も、もしかしてあのヒト、彼岸花を探してるんですか？」

身にまとうだけでは飽き足らず、花そのものを求めているのか。

動揺を隠しつつ不安を口にすると、五十嵐も眉根を寄せた。

「春なのに」

秋なら簡単に見られる花だが、今の時期は困難だろう。悶々と考えていると悲鳴が聞こえ、南はわれに返って辺りを見回した。花女が立っていた場所が赤い霧に包まれている。その赤霧から、花にまみれた女の素足と、しゃがみ込む女の姿が見えた。かたわらに友人らしき男が寄り添い、しゃがみ込む女に必死に声をかけている。

住人に害意はない。

けれど、存在そのものが災いになる。

南は深く息を吸い込むなり駆け出した。五十嵐もそれに続いた。背後で鈍く金属音がした。視界の端に、五十嵐が警棒を取り出したのが見えた。大きく腕を振り払うと警棒が伸びて鈍く陽光を弾いた。

南はしゃがみ込む二人に駆け寄り、即座に膝(ひざ)を折った。

頭上で空を切る音がした。

視線をあげなくてもわかる。五十嵐が花女をなぎ払い、消し去ったのが。

血を思わせる花びらが眼前をおおい、瞬く間に空気に溶けていく。

「大丈夫ですか!?」

南はあえて大きな声を発する。なにごとかと集まってくる人が、明らかに不審な動きをする五十嵐に動揺の眼差しを向ける。

南は大声で続けた。

「ここから離れてください! 今、ハチがいました! もしかして刺されたんじゃないですか!?」

ぐったりとする女を、つきそう男といっしょになってベンチまで移動させる。五十嵐は警棒をしまうなり近づいてきて、南の視線を察したようにいったんその場を離れ、自販機でペットボトルのお茶を買って戻ってきた。

「よかった。ハチに刺されたわけじゃないみたいです。でも、心配だから一度病院に行って調べてもらってください」

　南は五十嵐からお茶を受け取ると女に渡した。

　ハチと聞いて警戒したのか、幸い、遠巻きに見てくる人はいても近づいてくる人はいない。赤霧が完全に消えたのを見て南は小さく息をつき、女の顔色がよくなったのを機にその場を離れた。

「……五十嵐さん、警棒って銃刀法違反とかに引っかからないんですか？」

「仕事中だから」

　一応配慮はしているらしい。ただし使い方が問題だ。

「素手じゃだめなんですか」

　するりと出された右腕には古傷があった。なにか鋭いもので切られたような傷痕が、ぱっと見ただけで数カ所も。

「い……」

「痛くない」

　動転した南は、ほっと胸を撫で下ろす。

「綴化した住人は、予測できないんだ」

腕をさすりながらつぶやく五十嵐に南はぐっと唇を嚙む。視界でチラチラ動くものたちの中にもいずれ綴化する個体が出てくるだろう。そう思うとぞっとする。

南は頭をふって不安を振り払った。

幸い、その日はもう花女は出現しなかった。

だが、翌日から連日現れるようになったのだ。

4

花女が現れるようになって四日目。

金曜日の朝。

地図には彼女の出現ポイントが書き出され、ときどきそれが重なるようになっていた。

「ある程度場所は固定されてるみたいだねえ」

部長が机の上に広げられた地図を見ながら首をひねる。出現するのは有名無名にかかわらず、すべてが彼岸花の咲く場所だった。

「……他にも咲くポイントがあるんですけど、そこには出ないみたいなんです」

南は困惑顔になる。

「うーん。綴化が進んでるから、被害が大きくなる前に早くなんとかしてあげたいところだけど……意思の疎通は？」

「できません」

うなる部長に五十嵐が悲痛な声を出す。

「まだ末期ではなさそうなんだけど、なんでしゃべらないのかなあ。しゃべれないのかな。しゃべりたくないのかな。とりあえず甘いものでも食べて落ち着きましょう。あ、今日は新歓だから！　新入社員歓迎会！　五時にお仕事終了ね！　日々荘(にちにちそう)の一〇二号室で日本酒とおまんじゅう！」

部長の弾む声であっという間に緊迫感が霧散した。「とりあえず甘いもの」で最中(もなか)が配られた。部長は大の甘党で、お茶の時間にときどきこうして自腹でお菓子を振る舞ってくれるのだ。

新歓がアパートの一室なのはどうかと思ったが、休憩のたびに楽しそうに料理を考える山子を見ていると、ホームパーティーのようなあたたかい雰囲気にほっこりとした。階段を上がればすぐ自室、というのもありがたい。

地図を見ながら最中を口に運ぶ。

「立ってる場所も、立ってる姿勢も同じ」

置物のようにたたずむ花女は、一体なにを探しているのだろう。

「探し物なら、普通もっと動き回りませんか？」

「うーん」

南の質問に五十嵐は困り顔だ。「矛盾してるよねえ」と、部長も首をひねる。

「映像って残っていないんですか？」

「映像？」

「花女さんの」

質問する南から視線をはずし、ちらりと五十嵐が部長を見る。

「住人は映像に残らないからねえ。だからリアルタイムで根室くんが監視してるわけだし……ちょっと見てみる？」

部長の提案に南はうなずいた。根室とはときどき食事時に顔を合わせていたが、奥の部屋がどうなっているか知らなかったので、少し興味もあった。

五十嵐に案内されて奥の部屋に向かった南は、薄暗い室内と壁に設置された大量のモニターにたじろいだ。モニターの前に置かれた椅子にあぐらをかいて座る根室の背中が影のように暗い。

「な……なんですか、この部屋」

「モニタールーム」

映し出されているのは、道路や公園、商業施設などの映像だ。中には学校やコンビニ、アパートやマンション、住宅街などもあった。

「ライブですか」

南の質問に、こくりと五十嵐がうなずく。

「——合法なんですか」

「当たり前だろう。会社が設置した防犯カメラと、契約してる店や個人のライブカメラを〝防犯目的〟で〝監視〟してるんだ。感謝しろよ愚民ども！」

五十嵐に質問したのだが、嬉々として答えたのは根室だった。顔はモニターに向けたまま だ。しかし、五十台あるモニターを、しかもしょっちゅう切り替わる映像を、ちゃんと〝監視〟できているとは思えない。

「んー、一七〇三三番は綴化予備軍だな。ヤバいぞあいつ、ずっと小学生見てる！」

ヤバい人がヤバいヒトをヤバいと言っている。

「あのもぞもぞしてる〝住人〟のことですか？　根室さんが言うとすごい説得力ですね」

方向は違うが〝ヤバい〟という一点でいえば立派に類友だ。モニターを見ながら南が震え上がると根室が振り返った。黒縁眼鏡をかけている。南が出社初日に一度だけかけたのと同じ眼鏡だった。

「はー、眼鏡なしで住人を視認できるのは知ってたけど、モニター越しでもいけるのか。相性抜群じゃないか。ご愁傷様」

ひょいっと眼鏡を持ち上げて同情してきたが、口調が軽すぎて世間話をしているようにしか聞こえなかった。

「根室さんは見えないんですか？」

「見えないよ。俺は生きてる人間の赤裸々な日常が見たいだけだから、住人のことはどうでもいいし。あいつらこだわり強すぎて面白くないし！」

「根室さんは生粋だから」

「おい五十嵐！　生粋ってなんだ、生粋って！　人間観察は崇高な趣味だろ！」

会社でモニタールームに籠もり、帰宅後もモニターに囲まれる。

「生粋ですね」

「生粋なんだ」

南と五十嵐がうなずくと、根室は気分を害したというように眼鏡をかけ直してモニターに向かった。

「花女のデータはありますか？」

　五十嵐がマイペースに尋ねると、根室は舌打ちしながら床からキーボードを拾い上げた。モニターがどこに繋がっているのかは不明だが、ワイヤレスのキーボードを叩くと近くにあるタワー型のパソコンから駆動音がして、孤立したパソコン用のモニターにフォルダが表示された。そのフォルダも画面を埋め尽くすほどの数だった。

「メインデータは本社サーバーにあるから——これだ。ほらよ」

　フォルダをいくつか開き、動画が再生される。

「見てもわからんと思うぞ。記録用に一応は保存してるけど、住人は基本的に映らないからな」

　根室の言う通り、動画に映っているのはなんの変哲もない町の様子であり、公園の様子であり、日常の一コマでもあった。

「……五十嵐さん、なにか見えます？」

「まったく。そっちは？」

「見えません。これじゃ全然役に立ちませんね」

　肩が落ちた。

　少しくらいヒントが見つかるかもと期待したが、これといって注目すべき点がない。公園の動画には、女が膝をつく様子が映し出されていた。同伴する男が声をかけ、南と五十嵐が駆け寄る姿。

「――あれ……?」

記憶を掘り起こしながら動画を見ていた南は、なにか引っかかるものを覚えて首をひねった。同じ場所、同じ姿勢で立ち尽くす花をまとう女。現れる時間はまちまちだが、場所と姿勢は変わらない。

「……なにかを、見てる……?」

そうだ。動かないのは動く必要がないから。同じ姿勢なのは、同じ場所を見ているから。そう考えれば、彼女が探しているものは――。

「おい、ヤバいぞ!」

地図を見なければ。もう一回確認しなければ。さらに記憶を掘り起こし、花女がなにを求めているのか確かめなければ。そう考え顔を上げた南は、根室の声にはっとモニターを見た。

中央にあるモニターに一面の赤があった。

毒々しい、ねっとりと絡みつくような赤だ。それは外に向かって反り返り、あるいは細く空に向かって伸び、奇妙なアーチを描いていた。

「――彼岸花」

花をまとっていた女——ときを追うごとに体を貫く花は増え、真紅に呑み込まれていった女は今、巨大な一輪の花へと姿を変えていた。

「花そのものになった女ははじめて見た」

根室がうめく。

神々しいまでに美しく、まがまがしいほどに気味の悪い一輪の花。その根元から赤霧が広がっていく。

「綴化末期」

五十嵐が警棒をさぐる。だが、それで一時的に散らしても解決しないことを、彼もよくわかっているはずだ。移動するだけで、移動先で被害が出る。それでは意味がない。

現場に向かおうとする五十嵐を南は呼び止めた。

「五十嵐さん、待ってください。先に地図を」

戸惑う五十嵐の腕をつかんでモニタールームを出て、地図が広げっぱなしになっている机に向かう。なにごとかと驚く部長と山子に「花女が出ました」と短く告げてから赤ペンと定規を手にした。

「河川敷、花女の立っている場所と、体の向き」

定規を使って赤ペンで南北に線を引く。

「住宅街」

北北東から南南西に線を引く。

「公園」

西南西から東北東へ線を。

「あぜ道」

「——西から、東……？」

五十嵐が驚きに目を見開き、近づいてきた部長が不思議そうに地図を覗き込んだ。状況の説明を求める部長に五十嵐は「つまり」と答える。

「花女が立っていた場所を始点に、見ていた方角へ線を引いているんです」

「線って……でも、これ」

部長が口ごもる。花女がいるのは彼岸花の咲いている場所で、それ以外の共通点などないと思っていた。しかし違っていたのだ。共通点はそれ以外にもあった。

彼女が見ていた場所である。

花女の出現ポイントから引かれた線はきれいに一箇所で収束していた。民家だ。ここに彼女が探しているものがあるはずだ。

「おい、また花女が消えたぞ！」

モニタールームから根室の怒鳴り声が響く。

「根室さん、引き続き監視をお願いします！　早乙女さん！」

「はい！」

五十嵐に呼ばれるまま南は駆け出した。

5

「これ、個人宅ですよね？」

地図を片手にカーナビに住所を入力しようと思ったら、画面がフリーズした。南は何度押しても反応しないカーナビに青くなった。

「五十嵐さん、カーナビが壊れました！」

「車が走ってるうちは使えないんだ」

今まで偶然停車しているときに入力していたのでまったく気づかなかった。

「安全対策ですか？　でも、操作してるのは私なんですけど」

運転手が運転中に操作するのは危険だとわかってはいるが、助手席からなら問題ないはずだ。訴えると「機械には判断できない」と返ってきた。

「理不尽」

「西区に向かうから」

カーナビに訴えていたら、五十嵐がすすっと視線をはずしながらウインカーを出した。赤信号でようやくカーナビが操作できるようになると、慌てて住所をセットして案内ボタンを押す。とたんに流れてきた「そのまま直進です」という呑気(のんき)な電子音が恨めしい。

南は改めて地図を見た。

本来なら二手に分かれ、一人は緊急時の対応に備えて待機し、もう一人は彼女の探し物があるであろう場所に向かうべきだった。

しかし、南は免許を持っていない。

そのうえ、経験不足で緊急時の対応に自信がない。

だから必然的に、五十嵐のサポートという名の足手まといになってしまっていた。

「すみません。私がもっといろいろできてたら、五十嵐さんも楽だったのに」

「十分だ」

「でも……」

「俺には、早乙女さんのサポートが心強い」

ぽつんと聞こえてきた声に照れてしまった。そんなふうに思ってもらえているなんて考えもしなかったから。

「まだ通報されてない」

続けて聞こえてきた声に照れが吹き飛んだ。

南がカバーしなければ、警棒を振り回したときに最低二回は通報されていただろう。インドアな雰囲気なのに、五十嵐の行動力は飛び抜けていた。

「サポート頑張ります……」

通報されたら一蓮托生、南もきっと叱られる。ここは気を引き締めねばならない。

南は赤い線が交わった場所を指で押さえた。

「北里公一って……きっと、花女さんの関係者の方ですよね？」

住宅地図に記載された名を読み上げる。どんな繋がりがあるかは不明だが、その家か、あるいは住人のいずれかと、なんらかのかかわりがあるはずだ。

「たぶん」

五十嵐も肯定した。

いきなり訪ねてきた見知らぬ人間は、一般的には不審者と呼ばれる部類になるだろう。前触れなく根掘り葉掘り尋ねるわけにはいかない。

警戒されないよう話を切り出すにはどうすればいいいか。

「う――――ん。相手の立場がわかってたら話がしやすいのに……あ！　下調べってそういうことにも役立つんですね」

「最近は全然役に立ってないけど」

五十嵐がちまちま集めている資料は、使い方によっては便利な道具になる。もっとも彼が言うように、ここ二回はまるで役に立っていないのだけれど。

「北里さんに花女さんの容姿を伝えてみるとか」

「警戒される」

「そ、……そうですよね」

彼岸花で着飾った女の人を知りませんか、なんて、さすがに突飛すぎる。まず、北里という人物と花女の関係をさぐるべきだろう。

「もし花女さんが先生なら教え子とかその家族のふりをして、仕事してる人なら取引先のふりをするとか。主婦なら友人――は、突っ込まれたらボロが出るから、えーっと、うーんと……」

相手を不安にさせないよう話を聞き出すにはどんな立場が一番適しているだろう。どう話を切り出し、どう運んでいくのがもっとも効率的か。

考えているうちにはっとわれに返った。

「詐欺師みたいじゃないですか、私」

「頼りにしてる」

かすかに笑いを含む声で言われ、南は軽く五十嵐を睨んだ。不思議だ。出会ってまだ一週間もたっていないのに、すっかり彼を信頼している自分がいる。

変わり者には違いないのに、隣にいて心地いい人なんてはじめてだ。

南はじっと地図に視線を落とす。

トラブルを最小限にとどめ、必要な情報を手に入れる。

花女のために、そして――。

赤い線が交わる場所、北里宅に到着したとき、南は違和感を覚えた。

地図が示す通りの一軒家。築五十年は経過していそうな建物だが、なぜだか表札が出ていない。五十嵐が呼び鈴を押すが、鳴った様子もない。

「壊れてるみたいですね」

「そうだな」

うなずく五十嵐の隣に並び、南は門から中を覗き込んだ。春の花が咲く庭には旺盛に雑草が生え、窓にはレースのカーテンが引かれ、建物全体がしんと静まり返っていた。

「すみません！　北里さん、いらっしゃいませんか？」

不在であれば出直しだ。花女に近づかないよう一帯を通行止めにしなければならない。その場合、警察との連携が必要になるだろう。すぐに手配できるとは思えないが、遅れれば被害が広がってしまう。赤霧に包まれ体調を崩した女の姿が脳裏をよぎった。

ここで手をこまねいているわけにはいかない。

「北里さん！　お話を――」

「すみません」

門扉(もんぴ)につかまって声を張り上げていると、控えめに呼びかける声がした。門から手を離し、南は視線を彷徨わせる。隣家の門扉を開け、六十代ほどの女がおずおずと近づいてきた。

「北里さんなら、先月亡くなりましたけど」

「先月」

思わずもごもご繰り返してしまった。住人は死者だ。そしてこの家は、住人である花女の関係場所――となると、花女が亡くなったのは先月ということになりはしないか。

南は狼狽えた。亡くなったばかりの人のことを根掘り葉掘り訊くなんて、切羽詰まっているとはいえ非道すぎる。

「あ……あの……北里、公一さんは」

　どうするのが正解なのか。迷いながら言葉にすると、

「ですから、公一さんです。先月亡くなったのは」

　意外な一言が返ってきて南は混乱した。

「亡くなったのは女性じゃないんですか？」

「男性です」

「ほ――……」

　他に誰か死んでませんか、なんてさすがに訊きづらくて南は口ごもる。しかし、少しでも情報がほしいのでそれとなく問いを重ねた。

「じゃ、じゃあ、ご家族や、親しい女性は？　家に誰か通っていたとか――親戚とか、女友達とか、ご存じありませんか？」

「お子さんはいらっしゃらなかったし、親戚とは疎遠だっておっしゃってたし、親しい女性も……どうだったかしら。いなかったと思うけど」

　困ったようにそう言われ、南は五十嵐を見た。思案顔の五十嵐は、間をあけて質問を口にした。

「どなたが喪主を？」

「ご兄弟の方です。遠方に住んでいて管理ができないから、この家も近々売り払うっておっしゃってましたけど」

南は小声で五十嵐に尋ねた。

「花女さんって、女性ですよね？」

「……そうだと思う」

ぐっと五十嵐の眉が寄せられる。

「──ずっと、一人暮らしだったんですか？」

「え、ええ。奥さんを亡くされてからはお一人です」

五十嵐の問いに答えた女は、質問の意図がわからないようで戸惑った様子だった。けれど、南たちにとっては活路となる言葉だった。

「奥さんはいつ亡くなったんですか」

「去年の夏の終わり……九月だったかしら。紅緒（べにお）さんが亡くなって、公一さんはショックでふさぎ込んで……まさかあれから半年で亡くなるなんて」

溜息とともに返ってきた。

「奥さんはどんな方でしたか？　えっと、たとえば──」

声をかけただけで散ってしまった花女。そんなヒトなら、生前から兆候があったに違いない。

「話の途中で逃げちゃうとか」

南の問いがあまりにも的外れだったようで、女はころころと笑った。

「そんなことしないわよ」

「は、……恥ずかしがり屋だったとか」

「んー、恥ずかしがり屋っていうより、ひかえめな人だったわねえ。自己主張が苦手っていうのかしら。あまり自分の気持ちをはっきり言えない物静かな人でね」

そこまで言って、なにか思い出したように苦笑した。

「でも一度だけ、本当に困ってたらしくて愚痴ってたことがあったわ」

花女は北里家の関係者のはずだ。だが、隣人との会話にそれらしき情報がない。南はがっくりと肩を落とし、五十嵐も落胆の表情だ。隣人から新たな情報が得られないなら、本格的に聞き込みの必要が出てきてしまう。

けれど、次に取るべき行動を模索している南の耳に、意外な言葉が飛び込んできた。

「毎年ね、旦那さんから花をもらってたの」

「花？」

五十嵐が思わずといった様子で問い返す。

もらって困る花。ひかえめな女が愚痴ってしまうほどの花。

「その花って」

まさか、南がそう心の中で続けると、女は苦笑とともに告げた。

「彼岸花」

南は心の中で驚きの声をあげる。きっと、質問をしていた五十嵐も、胸中で歓声をあげていただろう。

「赤い色がすごいって言ったら、紅緒さんが好きな花だと勘違いしちゃって、公一さんが毎年毎年プレゼントするようになっちゃったんですって。これは公園からもらってきた花だ、これは知り合いの人からもらったって、嬉しそうに報告してくるって困ってたのよ。でも紅緒さん、旦那さんにはなかなか言い出せなくて、毎年受け取っていたの。咲く前に亡くなったから、去年はもらい損ねちゃったのね」

寂しげな声。立て続けに隣人をなくした女は、もう誰も住んでいない家を見上げて細く息を吐き出した。

南たちは礼を言ってその場を離れ、すぐさま車に乗り込んだ。五十嵐がエンジンをかける横で南はスマホをカバンから取り出し、会社に電話をした。不思議なことに遺失物係は部長が積極的に電話を取る。今も部長の声が聞こえてきた。

「お疲れ様です、早乙女です。部長、花女さんがどこにいるかわかりますか？」

『今は河川敷に移動してるよ。通りかかった人が何人か救急搬送されてるから、警察が動くかも。警察が動くと被害も増えるんだよねえ。あの人たち、見えてないから突っ込んじゃうんだよ、住人に』

赤霧に集団で突っ込む警察官の姿を思い描いてぞっとした。お礼を言って通話を切り、五十嵐に「河川敷です」と伝える。

「……花女さんは、あの家にずっといたんですね」

窓の外をじっと見つめ、南は小さくつぶやいた。

花女は――北里紅緒は体を失ったあとも自宅にいて、夫のそばに寄り添っていた。そして夫の死後に移動したのだろう。愛する人を捜し、ちりぢりの記憶を頼りに徘徊をはじめたのだ。徘徊といってもその場所には一定のパターンがあった。

彼女は夫が、妻を喜ばせようと秋だけ咲く花をいろいろなところから集めていたことを知っていた。

だから彼女は家を出た。

家にいて戻らぬ夫を待つのではなく、花を求めた夫がやってくるだろう場所で、彼を待ち続けているのだ。

車がコインパーキングに止まる。場所を確認するまでもなく、そこからでもそそり立つ彼岸花が見えた。一輪の巨大な花は三メートルほどあり、反り返った花びらは、今にも血がしたたり落ちそうなほど赤かった。

物静かと評された彼女は、きっと生来、人とかかわることが苦手だったに違いない。声をかけただけで逃げられたことを思い出し、南は緊張気味に足を踏み出した。

赤霧が足にまとわりつく。

巨大な彼岸花の下は赤くけぶり、赤をかき分けるように次々と花芽が上がる。それら花たちは辺りを埋め尽くすようにいっせいに開花していった。

世界はますます赤く彩られ、彼岸という言葉にふさわしい夢幻の空間を作り出していく。今すぐにでも逃げ出したくなるような不安が込み上げてきた。息苦しい。今自分がちゃんと呼吸できているのかすらわからなくなる。

そんな南の背中を、五十嵐がポンと軽く叩いた。

とたんに息が楽になった。

南は赤霧を吸い込まないよう注意しながら細く深く息を吸い込んで、ぐっと拳を握った。

「紅緒さん」

　また移動してしまうのではないか。不安に言葉を濁す南の隣で、五十嵐は淡々と彼岸花に呼びかけた。

　刹那、風に揺れていた巨大な花弁がぴたりと止まった。

　自分が呼ばれたのだとわかったのだろう。人が身じろぐように巨大な花が花弁全体を震わせた。

「ここで待っていても公一さんは来ません。もうわかっていますよね？」

〝移動〟をはじめた時点で自覚していたはずだ。夫の死を。いつまで待っても彼に会うことができない事実を。

　しかし彼女はその事実を受け入れられず、徘徊するようになった。

「優しい人です。きっと向こうで待っていてくれるはずです。だからこんなところにとどまらず、今度はあなたが会いに行ってあげてください」

　五十嵐が訴えるも、花はそこから動こうとしない。

「紅緒さん、ここにいちゃだめです。あなたの探し物は、もうここにはないんです」

　南もたまらず呼びかけた。

「ここにいたら、ずっと公一さんに会えないんです」

「――会いに行ってください、今度はあなたが」

南の言葉に五十嵐が続ける。

花弁はなおも震える。心の機微を映す鏡のように揺れ続けている。

「花」

南はそっと言葉を続けた。

「本当は、嬉しかったんですよね？」

足下で開花し続ける花たちが静止画のようにぴたりと止まった。

《花を、くれたの》

聞こえてきたのは弱々しい声だった。

《毎年毎年、同じ花を。はじめは戸惑ったけれど、いつの間にか心待ちにするようになったの》

たどたどしくつむがれる言葉。それは、巨大な彼岸花から聞こえてきていた。

《わたし、あの人に、一度もお礼を言えていない》

日に日に増えていった彼岸花。想いを募らせるように数を増した花たちは、彼女の心そのものだったのだろう。

思慕と後悔——その狭間で彼女は彼が来るのを待ち続けていた。

「大丈夫です」

心を込めて丁寧に、南は断言する。

大きな花びらが一枚、また一枚と、剝がれるように落ちていく。彼岸花は散る花ではない。けれど花びらは、彼女の心を代弁するように散っていく。

現れたのは、白い髪を短く切り、細い体に品のいい淡い色のワンピースをまとった老女だった。

《――そう、あの人はもう死んでしまったのね》

自分自身に言い聞かせるように花女こと北里紅緒はつぶやいた。

《先に逝くことがずっと心残りだったの。でも、今度はわたしが会いに行けばいいのね。いつもあの人を待ってばかりだったけれど――今度は、わたしが》

どこか晴れやかに続けて、赤い花の似合う華やかな笑みを浮かべた。

異界がどんな場所か、南にはよくわからない。

それでも、怖い場所ではないのだろう。そう思う。

板男がそうであったように、彼女も優しい光を全身にまとい消えていった。


後日、仕事が終わったあと、いつものように窓越しに五十嵐とお酒を飲んでいたら、ぽつりぽつりと教えてくれた。

河川敷の球根を勝手に掘り起こしたりするのは禁止されているが、管理しているところに言えば花はもらえるらしいということ。早めに茎を切って切り花にしてしまう家もあるということ。

彼岸花を家に飾るなんて想像もつかず、南は驚愕した。

不吉なイメージがついて回る花が、今では人の目を楽しませている。摘(つ)んで帰ると火事になると嫌がる人もいるのに、いろいろな受け取り方があるのだ。

「球根に毒があるから、遺体が害獣に荒らされないようにお墓に植えられたって説も」

スマホをかかげながら五十嵐が自慢げに報告してきた。

ネット情報らしい。

今日の酒の肴(あて)は、新鮮な鶏のレバーと心臓(ハツ)が手に入ったので、庖丁(ほうちょう)と流水を駆使してきれいに洗い、甘辛く煮たものだ。固くならないよう汁だけ別で煮詰めたから、とろとろの汁が絡んで最高の肴になる。

五十嵐も気に入ったようでビールがよく進み、いつもより口数が多い。

こりこりと食感のいいハツを頬張(ほおば)りながら南は夜空を見上げる。雲間に黒い影が横切るのも、最近は見慣れた光景だ。

「紅緒さん、無事に公一さんに会えたでしょうか」

南のつぶやきに、五十嵐は口元をほころばせた。

「彼岸花の花言葉を知ってる？」

「え……絶望ですか」

一面の花畑を見て感じたことをそのまま言葉にしたら五十嵐に笑われてしまった。南は赤くなって五十嵐を睨む。

「いじわるするなら、もうあげません！」

酒の肴を取り上げると、五十嵐は慌てたように身を乗り出して言葉を続けた。

「再会」

「再会？」

「悲しい思い出、あきらめっていう言葉もあるけど、彼岸花には、情熱や再会、――想うはあなた一人っていう、そういう花言葉もある」

聞いていて恥ずかしくなった。

「旦那さん、奥さんのこと大好きだったんじゃないですか」

情熱の花を毎年必ず持ち帰った人。しかも、もらえるところからもらえるだけ持ち帰ったなら、恋女房なんて言葉では足りないくらいだ。

「だから、会えたと思う」

五十嵐の力強い言葉に南はふっと笑みをこぼした。「どうぞ」と小鉢を差し出すと、五十嵐が嬉しそうにハツに手を伸ばした。

「あ、ハツは私が好きなので」

レバーにしてもらえませんか、と、言外に要求すると五十嵐が真剣な顔になった。

「俺もハツのほうが」

「えええええ〜っ」

「ハツが」

軽く口論したあと、「どうぞ」と彼にハツを進呈した。幸せそうに頬張って、ビールを飲み干したあと五十嵐が口を開く。

「早乙女さんが作る酒の肴はいつもエグい」

全力で褒めてくれているらしい。

「もっとちゃんと褒めてください！」

いつか、花をまとった彼女のように、心から愛し、愛される相手に出会えるだろうか。

ここではないどこかで再会を喜ぶ彼らに思いをはせて、南はもう一度、きらめく星々に視線を向けた。

第三章　絡みつくもの

1

住めば都と言うけれど、社宅アパートでの暮らしは思った以上に南に合っていた。

まず、最大のメリットは会社から近いことである。通勤に時間が取られないから、ゆっくりと寝ていられる。しかも朝食と夕食は会社の先輩であり料理好きでもある鳳山子が用意してくれる。料金は相変わらずタヌキの貯金箱に入れているが、給料が入ったらまとまった金額を投入しようと、南は密かに誓っていた。

そしてなにより幸運だったのは、隣人との関係が良好であること。

「――え、五十嵐さんってジムに通ってるんですか？」

出社してファイルをあさっていた南は、驚いて顔を上げ、五十嵐を見た。

「朝は走ってる」

「走ってるんですか――!?」

五十嵐楽人、二十八歳。名前とは裏腹に、ザ・引きこもりの空気をまとっている彼のアクティブな一面に南は驚倒した。新歓のときに乱入してきた小豆色のジャージの上下を着た住人〝小豆さん（仮）〟とときどき走っていると言っていたし、山子に「細マッチョ」

と評されているから運動はしていると思ってはいたが、まさか本格的に鍛えている人だとは思わなかった。そもそも彼は、身長はあっても体の厚みがそれほどないのだ。服を着ていると、貧弱に見えてしまうほどに。

「昔はもやしだったわよね、もやし」

山子が華麗にキーボードを操りながら茶々を入れる。

「もやし最高じゃないですか！」

値段といい栄養価といい、あれほど家計と体を助けてくれる食材が他に存在するだろうか。南は握りこぶしで訴えた。すると山子が半眼になった。

「あ……南ちゃんはもやしの信奉者だったっけ。五十嵐くんは卵信奉者だし」

カッと五十嵐が目を見開いた。

「もともと時告げ鶏(どり)や闘鶏(とうけい)として弥生(やよい)時代に日本にやってきた鶏(にわとり)は、殺生(せっしょう)禁断、肉食禁止令の中でも細々と食べられ続け、安土桃山(あづちももやま)時代に南蛮(なんばん)貿易を通じて卵食文化が広まると江戸時代に爆発的な人気を博(はく)すことに！」

「五十嵐くん、五十嵐くん、誰も訊(き)いてない」

しまった、という顔をして、山子が制止を試(こころ)みる。しかし五十嵐は止まらず、熱く言葉を続けた。

「穴を開けてすするのは江戸時代から伝わる伝統的手法で、強壮剤としての卵の認知度の高さを物語っているんです。卵の価格はつねに安定し、物価の優等生と言わしめるほどですが、ここには養鶏場の涙ぐましい努力が……」

「はいはい、卵最高ネーもやしも最強ネー」

全力で卵の後方支援に回る五十嵐に面倒くさくなったらしい山子が、適当に相づちを打っている。

どんな努力で卵の価格を安定させているのか尋ねたら、一時間は語ってくれそうな勢いだ。聞いてみたい気もするが仕事中なので自粛した。

花女の一件が解決してから、遺失物係は比較的平穏な日々を送っていた。入社して二週間がたつと南もすっかり会社に馴染み、事件の洗い出しやまとめを手伝うようになった。

「地図のデータベース化はしないんですか?」

壁一面に貼られた地図を指さして尋ねると、卵の後方支援を終えた五十嵐が「やってる」と返してきた。更新するたびにいちいち印刷するのが手間で、あとからまとめてパソコンに入力しているらしい。目的が明確ではない相手に対してはデータより紙のほうが俯瞰しやすいというのが五十嵐の持論で、実際に南も花女の一件でそれは実感していた。パソコンの限られた画面で部分的に見ていたら、北里家にはたどり着けなかっただろう。

そんなわけで遺失物係は、デジタルとアナログが混在するカオスと化していた。

二度手間だろうと非効率だろうと、今の方法がベストというわけだ。

それにしても。

「暇ですね」

新入社員にあるまじき一言を吐いて、南ははっとわれに返った。学生時代は授業料も生活費も自力で捻出しなければならなかったから、遊びも娯楽もそっちのけで可能な限りバイトを入れた。飲食店でバイトしていたので、ときどき売れ残りを分けてもらって食費を浮かせたりもしていた。

あの頃に比べると恵まれすぎている。

「早乙女さん、もうちょっと入力が速くなってからそういうことは言おうね」

「すみません」

ズバッと部長に指摘されて南は肩をすぼめた。スマホではフリック入力ばかりだったから、ローマ字入力だとキーを探しながら打つため時間がかかってしまう。暇なわけではないのに暇と感じてしまうのは、どうやら南自身が考えている以上にデスクワークに不向きであるのが原因らしかった。

遺失物係に配属されたのは不幸中の幸いだったのだろう。経理課や総務課に配属されていたら戦力外すぎて、つまはじきされていたに違いない。

「部長、南ちゃんは外回りです。事務仕事はお手伝いです。多少の不得手は大目に見ないとだめですよ。第一！」

山子の声が一段と高くなった。

「板男と花女、住人トラブルを二件も解決したのに一回も通報されなかったんです！快挙です！　私は南ちゃんと五十嵐くんは最強のバディだと思います！」

「おお、確かに！　社長室に呼び出されない日々がどれだけ平和なことか！」

部長が太鼓腹の前でパチパチと拍手した。

「そ……その評価も、それはそれでどうかと思うんですが」

「なに言ってるんだい、早乙女さん。五十嵐くんは警官とマブダチレベルのお知り合いなんだから！　顔見知りなんて浅い仲じゃないよ！　警察署に通報されるたびに〝またお前か〟って顔されるなんて五十嵐くんだけ！」

うわあ、と、南は胸中で声をあげる。部外者から見れば前触れなく暴れる危険人物だから問題視されるのも致し方ないが、五十嵐自身は落ち着いたタイプで、良識も気遣いもある大人なので、その温度差に困惑せざるを得ない。

「もしかして、落ち着いて見えるから逆に誤解されやすいんですか？　しゃべるの得意じゃなさそうだし、言い訳も得意じゃなさそうだし、むしろ苦手そうだし」

「卵に関してはよくしゃべるんだけどねえ」

部長の溜息に五十嵐がカッと目を見開いた。が、「仕事中！　めっ！」と子どものように叱られて、すぐにおとなしくなった。

「五十嵐くんは考えるより動いちゃうタイプなんだよ。テンション低そうに見えて意外と熱血なの」

的確な部長の評価に、五十嵐は居心地が悪そうに肩をすぼめた。

「どの支部でも遺失物係ってトラブル起こしやすいんだけど、うちがトップレベルで多いからねえ」

「ど、どうして五十嵐さん一人で外回りしてたんですか」

完全に問題児だ。誰かがそばについていなければいけない人だ。

「入ってきた新人は、外回りに行くと翌日には異動願い出しちゃうんだよ。場合によっては退職願いとか。早い子はその日のうちに口頭で僕に言いに来ちゃうの。早乙女さんが二週間もいてくれるのって奇跡なんだよ」

「そ、それ、あの眼鏡のせいですか？」

眼鏡をかけると住人が見えるようになる。いきなりおかしな世界に放り込まれたら、誰だって逃げ出すだろう。事実、南も外回り当日に逃げ出そうとした一人だ。

「いや、いきなりアレ渡すのはリスキーだから、とりあえず一週間は五十嵐くんの仕事を近くで見てもらうって予定でね」

「住人を見る前に逃げ出したんですか⁉」

仰天してから納得した。確かになにも知らなければ、五十嵐は奇行に走っている怖い人だろう。もっとも、住人が見えていたら違う意味で逃げ出すので五十歩百歩だが。

「なんで私はいきなり眼鏡を渡されたんですか？」

五十嵐に直接問うと「なんとなく」という返事が来た。

「五十嵐くんははじめから君に期待してたからね」

困惑する南に、部長がそうフォローを入れた。嬉しいような、戸惑うような、そんな気持ちだ。

「もうちょっと具体的に持ち上げてください」

素直に喜びたいのでなりふり構わず要求したら、部長が苦笑を浮かべた。

「ぐいぐいくるねー。五十嵐くん、早乙女さんを持ち上げなさい。部長命令だよ」

「持ち……⁉」

「ほら、持ち上げて！」

え？　こう？　と、当惑を顔面に貼り付けて、立ち上がるなり両手を出してくる。それはもう間違いなくお姫様抱っこの体勢で。

「よし、持ち上げちゃえ五十嵐！」

どうやら今はプライベートのノリらしく、山子が楽しげにけしかけてきた。

当惑顔のまま近づいてくる五十嵐から南は笑いながら逃げた。

本当に、綴化(てっか)の住人がいないときの遺失物係は平和だ。

一通り逃げ、五十嵐につかまる直前で「はい、終了」と部長に止められた。

つかまってお姫様抱っこなんて愧死(きし)もののシチュエーションを回避し、南は胸を撫(な)で下ろした。重い、なんて言われたら枕を濡(ぬ)らしながら寝込む自信がある。

ちょっと残念そうにしていたのは山子と五十嵐だ。

「早乙女さん、小回りが利く」

軽く息を弾ませる五十嵐に、南は額(ひたい)の汗をぬぐいながら胸を張った。

「小さいので」

「今度抱かせて」

「嫌です！」

背が低いから軽いなんて思ったら大間違いだ。真っ赤になって拒否すると、また残念そうな顔をされてしまった。羞恥心にプリプリ怒っている南を「抱かせてあげればいいのに～」と、山子が横からからかってきた。

「卑猥な言い方やめてください。鳳さんは痩せてるからそんなことが言えるんです！」

「鳳さんは筋肉の塊だから重いと思……」

「いーがーらーしーくぅん～？」

山子に睨まれて五十嵐はぴたりと口を閉じた。「あ、根室さんの手伝いでも」と、こそこそと奥の部屋に逃げていく。山子の身長は、恐らく一六〇センチ後半――筋肉質でなくとも長身ならそれなりに体重があってしかるべきだろう。体重の話は禁句だった。

「私も根室さんのお手伝いにいってきます」

入力作業から逃げるため、南もいそいそと奥の部屋に向かった。

モニタールームは相変わらず薄暗く、鈍い機械音と奇妙な静寂が同居していた。根室は黒縁眼鏡を通し、モニターを漫然と見ていた。少なくとも南にはそう思えた。

「ね……根室さん、目が疲れません？」

常時五十台のモニターをチェックしているのだ。しかも彼の場合、いつ休んでいるのかもわからないペースで。そのうえ家でも、公共の場から個人宅まで幅広くモニターを見続けている。

「……病気……!?」

　はっと後ずさる。

「これしきのことで眼病になるかよ。俺の目は鋼鉄でできてるんだ」

　幸い、南の言葉を別の意味にとらえたらしく、根室が「ふふん」と鼻を鳴らした。目の酷使は肩こりや頭痛を引き起こす要因にもなるのだが、彼の場合はまったく無縁らしい。

「根室さん、異常は？」

　五十嵐の問いに根室は軽く首を横にふった。

「今のところはどこも安定してる。今日の新規は二件、お帰りは五件」

「お帰り？」

　次々と切り替わっていくモニターに目を回しながら南が訊くと、根室が鼻で笑った。

「あっちの世界に戻ったんだ。探し物が見つからなくても執着が薄れれば勝手に消える。根性出せよ、オラ！　つまんねえだろ！」

「……根室さんって」

「日常を愛しながら変革を求めてるから」

「人の不幸は蜜（みつ）の味って言うだろ！　俺以外は不幸になるがいい！」

　楽しそうにクズ発言をしている根室に南はドン引きだ。

「根室さん、それ人前で言っちゃだめなやつです」

「根室さんはこれでいいと思う。有害だってわかりやすいから」

「い、五十嵐さん、それも社会人的には言っちゃだめなやつです」

え、と、五十嵐が目を丸くして、右手で口を押さえた。根室が他人事（ひとごと）みたいに「そうだそうだ」と賛同している。

「この量を常時チェックするって大変じゃないですか？」

南が話題を変えると、根室は両手を頭上に突き出して、ぐぐっと上半身を伸ばした。

「慣れだろ、こんなものは。他の遺失物係（イケイ）もやってることだし」

「全国にあるんですよね？」

「交流会もあるぞ」

「交流会？　みんなで集まるんですか？」

入社式や忘年会は社員が全国から集まると聞いていたが、交流会まであるとは思わなかった。驚く南に、根室は「一年に一回、夏に」と答える。特殊な職場のため、ユニークで個性的な人が多いのかもしれない。保養所もあるし、みんなで仲良く意見交換なんて、なかなか楽しいイベントになるのではないか。想像するとドキドキした。

「交流会は盛り上がるぞー。五十嵐は注目の的だから」

「どうしてですか？」

「いきなり警棒振り回すヤバいやつって超有名で、もはや珍獣扱いだ。見えてる地雷、駆動式全自動トラブルメーカー。ぺんぺん草も避けて通る、通報率ナンバーワンの問題児！　生ける伝説だ！」

心の底から楽しそうに根室が語る。ろくでもない内容に五十嵐が訂正するかと思ったら、つつつっと明後日(あさって)の方向を見ていた。

どの遺失物係でも、五十嵐のような行動をするのだと思っていた。

しかし、違っていたのだ。

他の人たちは警察沙汰(ざた)にもならず、もっとうまく立ち回っていたのである。

「五十嵐さん」

「はい」

背伸びして顔を覗(のぞ)き込んだら目を逸(そ)らされた。人の目を見て話すのが苦手な五十嵐だが、ここは本気度を伝えるために、彼の頬(ほお)を両手で押さえつけ、無理やり自分のほうを向かせた。

「単独行動禁止です。なにかあったら絶対私を連れていってください」

「は……はい」

うなずく五十嵐の顔は真っ赤だった。真剣に訴えた南は、一拍間をあけ、はっとわれに返って手を離した。なんとしても誠意を理解してもらわなければ——そんな思いからの訴えだが、さすがにちょっと近すぎた。

「すみません……!!」

南も五十嵐につられてぶわっと赤くなる。

「なんだよ、青春かよ。リア充菌がうつるからこっちくんなー」

鬱陶しげに追い払う根室に抗議しようと口を開いた南は、右の端、モニターの一部が大きく乱れたのを見て違和感に首をかしげた。

ちらりと五十嵐をうかがい見ると、彼も南が違和感を覚えたモニターを見て眉をひそめていた。

「今の、変でしたよね？」

「ああ」

「さっきのブレか？　確かにちょっと引っかかるな」

根室が足下に落ちている書類の束から一つをつかみ出した。

「駅前の交差点か。ここしばらくは事故や事件の報告はないな。これといって気になる記載もなし。本来なら様子見案件だが——まあ、外回り二人の意見が一致してるなら、巡回したほうが無難だろう。こっちで巡回要請の書類出しとくから」

「ありがとうございます」

五十嵐がぺこりと頭を下げて南を見た。うながされて部屋に戻り、部長に巡回の許可を得て会社を出る。

「ああいうのってよくあるんですか？　モニターがおかしくなるやつ」

「俺ははじめて見た。……だから、気のせいかもしれない」

少し自信なさげに車に乗り込みエンジンをかける。不確定な状況ながら、根室は自分の経験より五十嵐の勘を優先したのだ。

「信頼されてるんですね、根室さんから」

「そ……そういう、わけじゃない」

南の言葉に五十嵐がぷいっと横を見る。口調はそっけないが耳が赤い。

出会った頃は無表情で無愛想な人だと思ったけれど、こうして二週間もそばにいると、微笑ましいくらい照れ屋なのだと実感する。

照れる五十嵐の姿にほっこりした南は、いつもの交差点でいつもの黒いもやが、いつものように通り過ぎていくのを少しだけ緊張しつつ見送った。対向車線から突っ込んでくるトラックもいつも通りだ。あんなに不気味だったものが今ではすっかり日常の一部になったことに今さらながら驚いた。

今日の目的地は、事故も事件も起こっていない駅前のスクランブル交差点である。南も買い物のときに何度か通った大きな横断歩道だ。会社からも近く、五十嵐も道を知っていたので十分も走らないうちに到着した。

いったん車をコインパーキングに入れ、南は五十嵐とともに交差点に向かい——そして、立ちすくんだ。

「い……五十嵐さん、錯覚でしょうか」

異様な光景に南は戸惑いの声をあげながら五十嵐を見た。彼の視線は交差点に釘付けだった。南が思わず視線を逸らしたその場所に、あってはならないものがあった。

それは一見、小さな肉の塊のようだった。

地上から一メートルほど浮き上がった場所に、直径十センチほどのピンクの球体がふわふわと浮遊している。

正体はよくわからない。けれど、見ていると言いようのない不安に襲われる。

歩行者用の信号が青になり、人々が交差点に入っていく。肉の塊は人のあいだを縫うようにただよい続けている。

まるで、水の中をたゆたうように。

「カテゴリーII(ツー)……？」

五十嵐が目をすがめる。異様な形状だが、やはり肉の塊は住人であるらしい。

「監視対象ってことですよね？」

南は確認した。綴化していないから、今はまだ手を出さずに様子を見る段階のはずだ。けれど、五十嵐の反応は曖昧(あいまい)だった。

不安を覚える南に気づいたのか、彼は「周辺を見回ろう」と提案して歩き出した。

交差点に現れた肉の塊。

それが、大きく脈打つのが見えた。


「うーん、気になる。気になる。気になりすぎる」

南は洗濯物をカゴに押し込み、洗面器にシャンプーとリンスを入れる。そして、着替えの服一式とともに抱きかかえるようにして一階へと下りた。

「お。南ちゃん、今日銭湯(せんとう)？」

「はい。洗濯物も溜まったので」

「私もなんだー。いっしょに行こうよ」

山子がニコニコと手をふってきた。おいしい晩ご飯でお腹を満たし、シャワーを浴びようと脱衣所に行ったら洗濯物が目についた。アパートに移り住んだ週末、新入社員歓迎会の雑談で、洗濯機はどこで買ったら得なのか容量とともに相談したら、近くに全自動洗濯機が置かれた銭湯があると教えてもらったのだ。大型の洗濯機が通常より安価で使用できるので、山子も洗濯がてら週に一、二回は通っているという銭湯である。下着などの小物は手洗いでもいいが、服やタオルの手洗いは毎日続くとなかなかストレスだったので、安い家賃ならこのくらいの贅沢は許されるかと、南も週一回の銭湯通いを心に決めた。

「月曜日と水曜日は穴場なのよね、この銭湯」

日曜日と火曜日が休みという独特の営業スタイルを貫く銭湯は、出入り口に〝男湯〟と〝女湯〟ののれんがかかった古式ゆかしい大衆浴場だ。

「今日もほぼ貸切！」

ロッカーが二つだけ使用されているのを見て山子は歓喜している。南も素直に喜び、着ていた服とともに洗濯物を洗濯機に入れ、洗剤を投入するとお金を入れてスタートボタンを押した。洗濯機は三台置かれているが、南たち以外が使っているのを見たことがない。おかげでいつもゆったりと湯船に浸かり、出た頃には洗いたてを持って帰れて大変ありがたい。

それにしても。

「鳳さんってスタイルいいですね」

長身で贅肉が一切ついていないスレンダーボディ。美人でスタイルがいいなんて卑怯すぎる。五十嵐がときどき山子の筋肉を揶揄するが、彼女の完璧な体を見たら考えを改めるに違いない。

山子は腰に手をあてて首をひねった。

「えー。南ちゃんのほうが断然スタイルいいじゃない！　何カップあるの？　なにげに巨乳だよね」

にやっと笑うなり手をワキワキさせながら近づいてきた。

南は悲鳴をあげる。

「チビで巨乳なんてデブって言ってるようなもんじゃないですか！」

「まったまた～。間違いなく南ちゃん愛され系じゃないの。ささ、お姉さんに揉ませてみせなさい」

「嫌ですー!!」

ぎゃーっと叫んで脱衣所から浴室に移動する。「つまんなーい」と、唇を尖らせながら山子も南を追って浴室に入ってきた。先客は近所に住んでいる親子連れだった。会釈してからプラスチックの椅子を引き寄せて腰掛け、湯をかぶってからスポンジに石鹸を押しつけた。

「前から思ってたけど、南ちゃんってお化粧落とさないのね」

「してません」

ゴシゴシとスポンジで体をこすっていると、クレンジングで丁寧に化粧を落としていた山子が驚愕の眼差しを向けてきた。

「化粧水は百均で買ったやつで、それ以外はこれといって……」

「薄化粧だなって思ってたけど、本当になにもしてないの!?」

「リ、リップはしてます」

「そんなの化粧に入らないでしょ！　もー、だめよ。ちゃんとお手入れしないと。今はいいけど歳取ってから後悔するわよー」

「大げさですよ」

「シミ、ソバカス、シワは待ってくれないわよ。ノンストップどころか気づいたら小走りでやってくるのよ、やつらは」

地味に怖い表現をされて南の笑顔が固まった。給料が出たら基礎化粧品くらいは買いそろえようと心に誓い、石鹸を洗い流して湯船に浸かる。手足が存分に伸ばせる大きなお風呂はそれだけで気持ちがよくてリラックスできた。

深く息をついて目を閉じると、しばらくして体を洗い終えた山子が隣に入ってきた。

「やっぱり大きなお風呂はいいよねー!!」

体を伸ばして山子が銭湯を堪能している。長い手足が羨ましい。ちらりと彼女を見てから南は肩を落とした。

「ダイエットしようかな……」

デザートは特別なときにしか買わないが、会社でときどき部長が甘味を提供してくれる。そのせいか、少し肉がついた気がしてならない。しかも、山子が作ってくれるごはんはいつもおいしくて、健康の基本である腹八分目を忘れてしまうのだ。

山子が不満げな顔で南を見た。

「えー、そのままでいいじゃない。痩せ型の人よりぽっちゃり系の人のほうが長生きするって言うでしょ」

そういう統計は知っているが、スレンダーな人に言われるとなんとなく受け入れがたい。この悩みはなかなか理解されないのだろう。

「南ちゃん、コンビニスイーツ好きだよね」

「ぐ……っ」

いつでも手に入って、しかもおいしい。そのうえどんどん新作が出てくるから、コンビニに行くとついついスイーツコーナーを覗いてしまう。たとえ買えなくても定期的にチェックしてしまう悲しい性なのだ。

「本当、南ちゃんはそのままでいいと思うんだけどなあ」

「そういう鳳さんは細いじゃないですか」

恨めしげに告げたら「それなのよ」と返ってきた。

「脂肪は遭難したときに存命率を上げるけど、岩を登るときは邪魔なのよね。登山家としては悩ましいわー」

「鳳さんが登ってるのは山じゃないんですか?」

「岩よ、岩。水平のやつ」

「垂直じゃなくて?」

「水平水平、マジ水平。腕の力だけの水平移動。ジャミングしながら登るんだけど、もー腕はだるくなるわ心臓バクバクするわ、本当に死んじゃうかと思うんだよねー」

なにを言っているのかさっぱりわからないが、趣味の登山が命懸けなのは理解した。全身運動だから、普段は脂肪より筋肉のほうが必要というところか。

登山を趣味にするつもりはないが、運動はしたほうがいいかも。なんてむにむにの二の腕を見ながら痛感し、洗濯機が止まるまで銭湯を堪能し、洗い上がった服やタオルを手早くたたんでカゴに突っ込み外へ出た。

今日の晩酌はお預けか、なんて寂しく考えていたら、「あれ？」と聞き馴染んだ声がした。ちょうど五十嵐が銭湯から出てきたところだった。

「早乙女さんも？」

洗濯機は一〇二号室に二槽式のものが一台あるだけで、アパートの者はみんな洗濯ついでに銭湯にやってくる。だからこうして偶然会うことだってあるわけだが。

「私もいるんですけどー？」

にゅっと山子が顔を出すと、五十嵐がぎょっとのけぞった。

「なによその反応、南ちゃんとはずいぶん違うじゃない」

「い……いい夜ですね……」

つつっと五十嵐が逃げていく。山子が苦手というわけではなく、強引に距離をつめてくる相手には逃げ腰になるという性分なのだ。

いつも通り平穏な夜だった。

部屋に戻ると洗い立ての服を押し入れへ、タオル類を引き出しに収納して就寝し、翌朝、小鳥のさえずりとともに目を開ける。

いつも通りの平穏な日常の風景。

——そのはずだった。

2

出社するなり部長に呼ばれた。いつになく真剣な顔に、大きなミスでもしたのかと南は青くなった。

「昨日の住人だけど」

部長の前ふりに、南はほっと胸を撫で下ろした。昨日は周辺を見回っただけで、大きなトラブルはなかったはずだ。

「昨日の住人がどうしたんですか?」

五十嵐が尋ねると、部長が「それがねえ」と難しげに眉根を寄せた。

「どうやら〝成長〟してるらしい」

「住人が?」

「胸騒ぎがしたから根室くんに頼んで泊まり込みで監視してもらってたんだけどね、ちょっといつもと様子が違うんだ。恐らく——」

根室が会社に泊まり込んでいたことにも驚きだが、部長の硬い表情にも驚いた。それだけで、危険が身近に迫っているという不安に襲われた。

部長が静かに続けた。

「近々、綴化すると思う」


成長する異界の住人。

〝変化〟はよくあるが、成長というのはレアケースらしい。しかし、まだ慣れていない南にはその違いがわからない。そんな南でも、モニタールームで確認させてもらって状況を理解した。

確かに昨日とは様子が違っていたのだ。

丸いただの肉塊が、〝形〟を成しはじめている。それは、細胞分裂する胚（はい）のように繰り返し増え、密になり、急激に形態を変えていった。

「こ……これ、もしかして、胎児（たいじ）、ですか？」

言葉にすると総毛立った。

人の形をした住人なら板男と花女で経験している。カテゴリーⅠ（ワン）の中にも人の形をしたものはいたし、カテゴリーⅡの中にはさらに明確に人型となる住人がいた。

だが、今まさに人になろうとしている住人ははじめて見た。

「〝成長〟速度が異様に速い。この様子だと発生したのもここ数日だろうな。綴化まで一気にいくと思う」

モニタールームで監視を続けていた根室の声にも緊張がにじんでいた。

「散らせるか確認してきます」

そう告げる五十嵐に続き、南もカバンを手に部屋を出た。昨日見たときはただの球体だったものが、今は生物の形になっている。それが刻々と成長している。

「い、五十嵐さん、あれは、〝産まれる〟んですか？」

南の認識では、異界の住人の多くは死者だった。形はなく、思いだけでこの世にとどまる者たち——魂(たましい)なら特定の状況下で視認でき、実態がないから望むままに変化することができる。

だが、もしそうでなければ。

まったく別の——それこそ〝未知〟であるのだとしたら、その〝未知〟はどう変化していくのだろう。

「まだ、わからない」

五十嵐は短く答え、会社を出て社用車に乗り込んだ。南が助手席につくと、車は滑るように走り出した。昨日も向かった場所だ。運良く信号につかまることなくスムーズに走行し、所要時間は昨日より短かった。

モニター越しの住人は、曖昧ながらも生物の形状をしていた。

しかし、会社から移動するわずかなあいだにおぼろげながらも手足ができ、目や口といった器官すら確認できるほど成長していた。

コインパーキングに駐車した車から飛び出した南は、一目散に交差点に向かった。

そして、五十嵐とともに立ちすくんだ。

花女のときのような赤霧はない。

だが、嫌な空気がただよってきている。

近寄るべきではないと、本能がそう訴えかけてきた。しかし、五十嵐は違った。歩行者用の信号が青になると同時に人のあいだを縫うように駆け出したのだ。

腰に回った手が、ベルトに固定してある警棒をつかむ。

五十嵐は保身を考えない。彼が持つ独自の判断基準で、人々の安全を確保するために動く。

南も即座に走り出した。

南は幼少期、体が弱かった。だからしょっちゅう学校を休み、寝込んでいた。けれど半年以上の長期入院を経てからはすっかり健康体になり、駆けっこは得意な競技の一つになった。学校でおこなわれる障害物競走はいつだって一等賞だった。

小さな体を駆使し、人をよけつつ進んだ南は、そのままの勢いで五十嵐を追い越した。

五十嵐が立ち止まる。大きく腕をふると警棒が伸びた。

南は胎児の背後に回り込むなりカバンからスマホを取り出した。

「五十嵐さん！」

叫びながらスマホを向ける。通行人がなにごとかと南を見て、次いで、警棒を振り上げる五十嵐にぎょっとして離れていく。そのタイミングで五十嵐が警棒を振り下ろした。

鉄の棒が胎児にめり込み、次の瞬間、弾けるように四散した。スプラッタだ。飛び散る臓器がリアルすぎて気絶しそうだ。

くらりと意識が遠くなった。だが、ここで倒れたらそれこそ大事（おおごと）になる。

南はぐっと奥歯に力を入れて踏んばった。

「いい画（え）が撮れました、お疲れ様です！　あ、すみません」

無理やり作った笑顔を五十嵐に向け、今はじめて気づいたように通行人たちに謝罪する。

「あとで編集しましょう」とわざとらしくつけ加えると、動画の撮影だと勘違いした人たちが迷惑そうに顔をしかめて通りすぎていった。中には「最近の若者は……」と聞こえよがしに文句を言う人もいた。

しかし幸い、通報する人の姿はない。

「早乙女さん」

よろめく南を、五十嵐がとっさに支えた。歩行者用の信号が点滅するのを見て、五十嵐は南を軽々と抱きかかえて足早に交差点を出る。

昨日、全力で拒否していた〝お姫様抱っこ〟だ。大衆の面前であることが恥ずかしすぎて、逃げ場を求め反射的に五十嵐にしがみついてしまった。細いけれど、しっかりとした体つきをしている。体を預けても大丈夫なのだという安堵感に、幾分、動揺が収まった。

五十嵐は駅の脇に設置してあるベンチに南を下ろすと顔を覗き込んできた。

「大丈夫？」

心配そうに尋ねられる。普段は人の目を見るのが苦手でしょっちゅう逃げるくせに、こういうときはちゃんと視線を合わせるのだと気づいて鼓動が跳ねた。

「だ、だ、大丈夫、です」

五十嵐にとって南は大切な後輩だ。部長からも指示されているから、面倒を見るのだってそれ以上の意味はない。だから動揺するなんて、五十嵐に失礼だ。

無意識に胸を押さえ、南は不格好な笑みを浮かべる。

「花女さんのときは平気だったんですけど」

あっちは完全に花だった。人の形をしてはいたが、散るときは花びらになっていたから視覚的にずいぶん平和だったのだが、今回はまるで違う。本当に目の前で生物が破壊されたかのような不快感――生理的な恐怖と嫌忌にめまいがする。

しばらくじっとしていたら呼吸がだいぶ楽になった。深く息をつくと五十嵐が小走りで駅に向かい、お茶の入ったペットボトルを手に戻ってきた。

するりと差し出され、お礼を言って受け取る。だが、指先に力が入らなくて蓋が開かない。気づいた五十嵐が軽々と蓋を開け、再び南にペットボトルを手渡してくれた。

「すみません」

一口飲んでもう一度深く息をつく。ぐったりしていると視線を感じた。南が顔を上げると、つつっと五十嵐が顔をそむける。彼の口元がわずかにゆるんでいるのを見て、なにごとかと南が首をかしげると、ぽつりと声が聞こえてきた。

「かわいいと思って」

南はぽかんとした。ぽかんとしてから、見るのも恐ろしく、顔をそむけたまま交差点を指さした。

「あの住人がですか？」

どういう感性をしているのか、その〝かわいいもの〟にフルスイングするなんて、さっぱり理解できない。

恐る恐る尋ねる南に、五十嵐は首を横にふった。

「いや、早乙女さん」

「え？」

私？　と小首をかしげた直後、ぶわっと頰が熱くなった。

「な、なにを急に言い出すんですか⁉」

「サイズ感が」

腕を持ち上げて主張された。どうやらすっぽり腕に収まるのが気に入ったらしい。

「そんなに小さくないですから！　だいたい私、重いですよ⁉」

南の訴えに五十嵐が「うん？」という顔をする。思案して両手を見て、はっと南に向き直った。

「堪能してない」

もう一回抱き上げようとする五十嵐に南は驚愕した。

「い、今はそれどころじゃないです！」

身をよじりながら逃げて、再び交差点を指さす。ビクビクしながら視線を向けると、五十嵐が散らしたはずの住人は、同じ場所に現れて浮遊していた。形状は胎児のまま、かすかに身じろいでさえいる。

「移動しませんね」

絶望的な気分で南がつぶやく。五十嵐は南の隣に腰を下ろし、思案げに目を細めた。

「移動してくれたらよかったのに」

聞こえてきたのは彼の本心だろう。交差点のど真ん中で綴化したら確実に被害が出る。板男や花女みたいに移動してくれれば人的被害が最小限に抑えられ、時間的な猶予もでき、対処方法だって変わったかもしれない。

「散ったあとの復元も早い。根室さんの言う通り、綴化まで時間がない」

「〝赤さん〟はあの場所に執着があるってことですよね？　でも、あの場所で事件や事故はなかったたって、根室さんが……」

「記事になるような目立つトラブルがなかっただけなのかも」

住人であれば、なにかをなくし、なにかを探しているはずだ。過去の事例からも目的が存在するのは明白――南たちが突き止めなければならないのは、記憶に埋もれ、誰にも知られず忘れ去られた過去なのだ。

「……話せるか、確認してみていいですか」

見るからに無駄そうで、五十嵐もそう判断したから強硬手段に出たのだろう。だが、板男の前例もある。口がないからしゃべれないという認識は誤りだ。そんな思いから南が尋ねると、五十嵐は思案したあと、こくりとうなずいた。

お茶をもう一口飲んで立ち上がる。心配そうにくっついてくる五十嵐にちょっと笑い、交差点の前で立ち止まった。ちゃんと見守ってくれるつもりのようで、五十嵐が警棒に手をかける様子はない。南は安堵し、交差点の中央まで行くと立ち止まった。足早に交差点を渡る人たちが立ち尽くす南を怪訝な顔で見てきたが気にならなかった。

間近にある気配に総毛立つ思いだった。

ぐっと奥歯に力を込めて顔を上げる。

胎児が一回り大きくなったように見えるのは錯覚だろうか。

南はたじろぎ、五十嵐が警棒に手をかけるのに気づくととっさに彼を止め、再び胎児に向き直った。

「な……なにを、探しているんですか？」

率直に疑問を言葉にする。しかし、きつく目を閉じた胎児は、南の声も雑踏も耳に入らないのか、変わらず宙にただよっていた。両手をぎゅっと握り、体を丸め、子宮で眠るかのような体勢を崩さない。

「私たちは味方です。あなたの力になりたいんです。だから、あなたの探し物を教えてください。いっしょに探しましょう」

提案に反応はない。歩行者用の信号が点滅するのを見て五十嵐は南に移動するよううながした。

「……眠ってるのかな」

横断歩道を渡りきり、南は振り返る。

「住人は眠らない。必要ないんだ。肉体がないから」

「あのまま成長したら、肉体ができたりするんですか？」

「……俺はそういう事例を聞いたことがない」

当惑しながらも五十嵐はスマホで部長に状況を報告し、南はそのあいだ、交差点の周りを注視した。交差点は駅のロータリーと隣接し、駅ビルはさまざまな商業施設や店舗が入って賑(にぎ)わっている。交差点を挟んだ駅の反対側は、居酒屋や雑居ビル、駐車場、学習塾、病院、キャリアショップ、ホテル、コンビニなどさまざまな建物が混在していた。大きな駅だから人通りも多い。少し行くと商店街やデパートもあるから、日中、夜間と時間帯を問わず混雑している印象だった。

「これからどうしますか？」

　通話を切った五十嵐がスマホを下ろすのを見て南は遠慮がちに問いかける。会話は成り立たず、移動もせず、意思表示すらない胎児——正直、南にはどこから手をつけていいのかすらわからない相手だった。

「順当に、聞き込み」

「——聞き込みって……」

　南はぐるりと辺りを指さした。すると、五十嵐は神妙な顔でうなずいた。

「交差点や駅、その周りで事件や事故がなかったか。警察沙汰にならなかったレベルの小さなものを中心に」

　それこそ記憶にとどめているかどうかも怪しい日常を拾い上げていく必要があるらしい。本当に手探りだ。

「住人が現れる場所が一箇所だけなら、根室さんに頼んで防犯カメラの過去の映像をチェックしてもらって……」

「なにも出なかった」

「……一個も？」

「一個も。ここ数カ月はトラブルなし」

「それならもっと前とか。花女さんのときみたいに半年前とか、板男さんのときみたいに……十年前、とか」

十年分の防犯カメラのデータ。考えるだけでめまいがする。

「そんな古いデータは保存されてない」

あっさり返ってきた言葉に南は肩をすぼめた。当然だ。防犯カメラのデータは、本来、トラブルがなければ定期的に上書きされていくものだ。数年単位で残っているのはかなり特殊なケースだろう。

「もう少し休んでる?」

「いえ、大丈夫です」

ベンチを指さす五十嵐に南は首を横にふる。

トラブルが多いといえば居酒屋だ。が、開店までだいぶ時間があったので、隣にあるコンビニに行って、店内でトラブルはなかったか尋ねた。

「覚えてませんか?　いつ頃かわからないんですけど、騒ぎがあったって……ゆ、友人が、巻き込まれちゃったみたいで」

「ここ最近はないっすね。シフト交代のときにトラブルあったって話も聞いてないです」

「——じゃあ、あの交差点は?」

「交差点？　そこの？　トラブルなんてあったかなあ。ちょっと待ってください」

親切な店員が、奥で作業をしている別の店員に話しかけてから戻ってきた。

「覚えてないって言ってます。どんなトラブルですか？」

具体的に訊いてくる店員に、南は愛想笑いを浮かべた。

「私も友人の友人から聞いた話でよく知らないんです。すみません、ありがとうございました」

適当に話を切り上げた南は、期間限定と銘打った桜のエクレアを二個買ってコンビニを出た。一つを五十嵐に渡し、きょとんとする彼に「どうぞ」とすすめた。質問だけして出てくるのは気が引けたのと、お茶を買ってくれた五十嵐にお礼を――と思ったのだが、彼はエクレアを凝視して固まっていた。

「エクレア苦手でした？」

「……いや」

「あ、甘いもの苦手でした⁉」

そういえば、部長は大喜びで甘味に飛びつくが、五十嵐が自分から食べているのを見たことがない。山子が作る料理をきれいに平らげ、晩酌用の肴もだいたいが大絶賛だったたから、彼が信奉するのが卵という情報しか得ていなかった。

「ありがとう」

あえて主張はしなかったが、南が渡したから食べる気になったのは間違いない。黙々と食べてお礼を言って、動転する南の負担にならないようにちょっと笑ってみせる。

「こ……こちらこそ、ありがとうございます」

南は顔をそむけ、もそもそとエクレアを頬張った。大好きなコンビニスイーツ、しかも期間限定のレアもの。なのに、甘いということ以外、味がよくわからなかった。

火照る頬をゴシゴシこすってから、南は五十嵐とともに聞き込みに走り回った。

しかし、警察沙汰になるような事件や事故はもちろん、小さなトラブルすらも聞き出すことができなかった。

次はなにをすべきか。

思案しながら交差点を見たら、胎児がさらに育っていた。血管が透けて見えるほど薄かった皮膚は厚みを増し、顔の造形も人間らしくなっている。体も一抱えほどに巨大化し、〝胎児〟というより〝赤子〟と表現したほうが適切な姿になっていた。

点灯する歩行者用の信号に慌てながら交差点に向かう男がいた。相当焦っているのだろう。スマホを耳に押しあてながら辺りを見回している。

彼は交差点に入ると、浮遊する〝赤子〟にまっすぐ突っ込んでいった。

「あ……っ」

南は思わず小さく声をあげた。

電話する男が赤子に突進し、その体を通過していった。時間にすれば一秒にも満たないできごとだった。彼はそのまま数歩歩き、よろめいたかと思うとスマホを取り落とし、拾おうとしたところで力なくその場にくずおれた。

南が驚きで立ち尽くす。五十嵐は即座に駆け出し、倒れている男を抱き起こした。

「大丈夫ですか⁉」

頭がガクガクと揺れるだけで目を覚ます気配はない。南はとっさにスマホを取り出し、救急に電話をかけた。

通行人が異変に気づいて集まってくる。

どうしたんですか、そう声をかけてくるサラリーマン風の男が、赤子に触れるなりふらふらと膝をつき、昏倒した。足早に通りすぎようとした若い女も驚いて近づいてきた。

「と、止まってください！」

とっさに叫んだが間に合わなかった。若い女も他の人たちと同様に、赤子と接触するなり糸の切れた人形のように倒れ込んで動かなくなった。

辺りが騒然となる。

遠く、サイレンの音が響いていた。


「またお前か！」

救急車は七台来た。南と五十嵐で集まってきた人々が赤子に触れないよう四苦八苦しながら誘導している途中で警察官も駆けつけ、その中の一人が五十嵐を見るなり苦虫を噛みつぶしたような顔になった。

「最近見ないと思ったら、またなにやらかしたんだ？」

「俺は、なにも」

「んな言葉、誰が信じるんだ。だいたいお前は——ん？　そちらのお嬢さんは？」

仲間が交通整備に回るかたわら、五十嵐に噛みついてきた四十代もなかばといった体格のいい警察官が、ちらりと南を見るなり目をすがめた。

「ぶ、部下です」

しどろもどろに五十嵐が答えると、警察官は厳ついい顔を南に向けた。

「悪いことは言わねえ、あんたさっさと部署を変われ。こいつといっしょにいたら、あっという間に前科がつくぞ」

「鳴海沢さん、それは言い過ぎ」

「お前だって、本当なら前科モンだ。警備員が暴れて問題にならねえほうがどうかしてるんだ。いいか、いつか絶対手錠かけてやるから覚悟しやがれ！」

がなりながら離れていく。青筋を立てて立腹する警察官の迫力に、南はすっかり萎縮していた。しかし、五十嵐はまったくひるまなかった。

「鳴海沢さん、この辺りに三角コーンをお願いします。トラ柵でもいいです。人も車も入らないようにお願いします」

赤子がいる場所を指さしていつもの調子で頼んでいる。ぐいぐい来る人は苦手だが、ぐいぐい行くのは平気なのかと、南は五十嵐の意外な一面に驚いた。対し、警察官――鳴海沢の青筋はますます増え、目が完全に据わっていた。

「お前……」

「警察の権限でお願いします。死人が出ます」

淡々とつけ加えられた言葉に鳴海沢の表情が変わった。

「――またかよ」

チッと舌打ちする。なにか言いたげに五十嵐を睨み、制帽を右手でつかむと左手でガリガリと頭をかき、かぶり直すなり南たちに背を向けた。不満をあらわにしながらも、鳴海沢は近くにいる警察官に指示を出しはじめた。

「鳴海沢さんは、ああ見えて、いい人」

「……マブダチ」

には、見えないなあ、と南は心の中で続ける。以前部長が言っていた、たびたびお世話になっている件の警察関係者が鳴海沢なのだろう。射殺さんばかりに睨んでくるところを見ると、嫌われているという印象だ。

「五十嵐さん、鳴海沢さんって住人のことは……」

「上司から〝日々警備保障の遺失物係を手伝え〟としか言われてないらしい」

つまり、なにも知らされないまま問題が起こるたびに呼び出され、今回のような調子で納得できない命令に従っているのだろう。

立腹するのもわかる。だが、鳴海沢の上司があえて伏せているなら勝手に話すわけにもいかない。

そもそも、新人の南が説明しても、口下手な五十嵐が説明しても、理解してもらえる可能性は低いだろう。

南と五十嵐は同時に赤子へと視線を向けた。

「……綴化はまだしてないんですよね？」

板男や花女とは気配が違う。その微妙な差異を感じて五十嵐に問うと、彼は静かに顎を引いた。

害を及ぼす段階でないはずの住人が人々に災厄をまき散らし、平穏だった世界が一瞬で崩壊していく。

カテゴリーⅢに移行すればどれほどの被害が出るか。

走り出す救急車を見送って、南はぐっと唇を噛んだ。

3

住人の探し物を見つけるのは基本的に手探りだ。

なにせ彼らの記憶はひどく曖昧で、記憶どころかおのれが何者であるかもわからず、対話すらままならない者も珍しくなかったためである。

今回の赤子もそうした厄介な住人に分類されていた。しかも赤子は刻々と大きくなっていく。発見からわずか二日、小さな肉塊でしかなかった住人は、誕生を間近に控えた赤ん坊のように大きく手足を動かしはじめたのである。

初見からは想像できないほどの変貌ぶりで、夕刻には一メートルを超えるサイズになっていた。

交差点を監視する南たちに帰社するよう部長命令が下ったのは、六時を回った頃だった。会社に戻ると山子はすでに帰宅し、根室はいまだモニタールームに引っ込んだままだった。

五十嵐から一通り話を聞いた部長は、渋面(じゅうめん)で息をついた。

「いまだ赤子の正体すらつかめず、か。探し物を特定するのも、それを探し出すのも、どう考えたって人手が足りないねえ。五十嵐くん、どう思う？」

部長の問いには五十嵐への配慮のようなものが感じられた。五十嵐の横顔に、わずかに戸惑いの表情が浮かんでいた。

部長は息をつく。

「京都支部にヘルプを頼む？　癖の強い子たちだけど腕は確かだ。勘も判断もいい。機動力って意味でも抜きん出てるし、一度相談してみようか」

部長の提案に南は驚いた。

「京都の外回りの人って、助っ人(すけと)に出られるくらい多いんですか？」

「昭和風のオラオラ男子と、実験命の自称発明家、五十嵐くんのことを溺愛(できあい)する肉食系女子とか――」

名前ではなく個性で説明されてますます混乱する。

「何人いるんですか？」

「四人。京都は人材が豊富なんだよ、昔から。本社が五十嵐くん一人ってのは、それはそれで少なすぎたわけだけど」

一応は新人を入れようという努力は伝わってくるのだが、ことごとく失敗しているのも伝わってきたので、南はそれ以上の言及を控えた。

「もう少し待ってください」

「――被害はもう出ているんだよ。搬送された七人は意識が戻ってない」

部長の言葉に五十嵐の肩がわずかに揺れた。南もそこまで状況が悪いと思わず、動揺が顔に出た。

部長はかすかに眉根を寄せる。

「まあ、いきなり助っ人に来てくれなんて頼んでも、今は京都も大きな案件の最中で動けないだろう。来るにしても、その案件を処理したあとだから、早くとも一週間後だろうね。それまで、可能な限り被害を抑えてほしい」

部長の指示に五十嵐は口を開き、次いでぐっと唇を噛みしめてうなずいた。

「わかりました」

五十嵐の言葉に部長は目を伏せる。

「今回の一件は君のせいじゃない。カテゴリーⅡでこの被害は異例中の異例だ。……もしかしたら、綴化の認識を変える必要があるのかもしれないねえ」

　語調が幾分柔らかくなる。

「今日はもう帰って休みなさい」

「でも」

「今日より明日、明日より明後日、状況は確実に悪くなる。そう考えたほうがいい。今は休むときだと、僕はそう判断するよ」

　部長の言葉に反論することなく五十嵐は「わかりました」と返し、南にも帰宅するようながした。

　帰途の五十嵐はいつも以上に静かだった。とても声がかけられる雰囲気ではなく、アパートに戻るまで、結局一言も言葉を交わすことができなかった。

「お疲れ様でした」

　別れ際、五十嵐にそう声をかけられた。とっさに「お疲れ様でした」と返し、五十嵐が部屋に入るのを見送ってから自室へと入った。昼間の惨事を思い出して放心していると、どんぶりが二つのったお盆を手に山子がやってきた。

「お疲れ様。晩ご飯まだでしょ？　今日は丼（どんぶり）ものだから持ってきちゃった。食べて」

「あ……ありがとうございます」

どんぶりを一つ受け取る。

「五十嵐のも持ってきたけど食べるかしら。あの子、落ち込んでると食が細くなっちゃうのよねえ」

悩ましげにつぶやいて、「料金は明日でいいからね」と、いつも通りちゃっかりと要求しながら去っていった。ドアを閉めると、移動した山子が隣室のドアを叩く音がかすかに聞こえてきた。会話までは聞き取れないが、山子のことだから無理にでも食事をとるよう伝えていることだろう。

南はどんぶりをテーブルの上に、カバンを床に置き、スウェットに着替えて冷蔵庫を開けた。いつもなら晩酌の時間だが、今日は隣室の窓が開く気配がない。南は小さく息をつき、麦茶をマグカップにそそいでテーブルに移動した。

「いただきます」

どんぶりの蓋をはずす。

「……これは……豚丼……？」

凝視して首をひねり、箸（はし）でつまんで口に運ぶ。あっさり塩味の中にほのかな酸味と中華風の味が混在している。ベースは豚バラだがネギもたくさん入っているおかげで罪悪感が少なめな料理だ。

なによりうまい。

「女子力高めな登山家で美人って、鳳さん何者……？」

思わずうめいてしまう。黙々と豚丼をかき込み、麦茶を飲み干し、一息つく。カバンを引き寄せスマホを取り出し、駅名と赤ちゃん関連の単語を入れてみる。ヒットしたのは遊び場や支援センターの情報だった。赤ちゃん連れ歓迎と謳う飲食店などもある。

「話を聞いたところばっかり……」

雑居ビルの中にある保育所にも話を聞いた。そう考えると情報を得る場所がもうないことに気づいてしまった。

「……成長してるなら、赤ちゃんに絞るのは危険……？」

そうなると、範囲が広くなりすぎて手がつけられない。南はうなりながらごろんと寝転がって、ちらりと壁を見た。

きっと彼も今ごろ同じことを考えている。

被害が少なくすむように、住人を解放するために、必死で突破口を探しているはずだ。

南はスマホを手に起き上がった。

遺失物係の一員として、なにより彼のパートナーとして、少しでも役に立ちたいと、そう思った。

赤子が交差点に現れてから三日目の朝、出社すると部長が机に突っ伏していた。

「おはようございます。ど……どうしたんですか？」

「あー、早乙女さん、おはよう。聞いてくれるかい、僕の頭痛の原因を」

ものすごく悲しそうな顔で切り出され、南は動揺した。

「交差点で倒れた人になにかあったんですか？」

最近の目立ったトラブルはそれしかない。昨日の今日で状況がさらに悪化したのではないか──そう思うと、不安で質問の声も小さくなってしまう。

「それがね」

部長が重々しく口を開いたとき、五十嵐が部屋に入ってきた。

「五十嵐くん！　ちょっと聞いてくれる!?」

南から視線をはずし、部長が声高(こわだか)に訴えた。五十嵐が、ぎょっと後ずさってドアにぶつかりながら部長を見た。

「お、……おはようございます。昨日の件で、なにか？」

五十嵐も南と考えることは同じで、表情からも緊張が伝わってきた。

「昨日、住人のいる場所に囲いをしてもらったって言ってたでしょ？」

「鳴海沢さんに頼みました」

「頼んだよねえ。僕も苦情といっしょに報告受けたんだよ。鳴海沢くん、血管切れそうな勢いで激怒してたから」

電話越しなのに、と、つけ加えられる。

「警邏を頼んでおくべきだったね」

「……どういう意味ですか」

「深夜に駅前で高校生が暴れて、トラ柵蹴破って三人意識不明だって。どういうことだって鳴海沢くんからまた電話があってね。僕が聞きたいよ。なんでトラ柵蹴破っちゃうかな。鳴海沢くんの口調だと五十嵐くんが悪いみたいになっちゃってるんだよね。劇薬でも撒いたんじゃないかって」

「違います」

「だよねえ。でも、鳴海沢くんには通じないの」

はあっと溜息をつく。

「容疑固まったら逮捕状出すとか言い出して、朝っぱらから社長室に呼ばれるし。状況理解してる社長ですら鳴海沢くんの剣幕に圧されるってどうなの。社長なら社員守ってくれないと困るんだけど！」

嘆きながら文句を言っている。

「現場に行ってきます」

五十嵐は短くそう宣言した。

「無茶はしちゃだめだよ。君たちが倒れたら現場で対応できる人間がいなくなる。そうなったら本当に手に負えない」

「はい」

五十嵐はうなずき、南へと視線を移す。

今ですらまともな対応ができないというのに、これ以上悪化したら〝手に負えない〟どころではないだろう。南が行って役に立てるとは思えない。

思えない、けれど。

南は五十嵐とともに会社をあとにした。

交差点に着いたとたん、南は怖気（おぞけ）立った。

「い、五十嵐さん……!!」

成長する住人は、昨日の時点でも刻々と姿を変え、最後に見たときは一メートル強の赤ん坊だった。それが今は、二メートル近くに〝成長〟し、はいはいをするように、ゆっくりと、だが確実に移動をはじめていたのだ。

異様な光景が広がっている。

交差点に車が数台停車し、通行人か、あるいは別の車のドライバーらしき人たちが、窓ガラス越しに車内にいる人に声をかけていた。

のろのろと交差点に入っていった車に、若い男が血相を変えて駆け寄っていく。

「おい、大丈夫か!?　しっかりしろ！」

若い男は強引にドアを開け、上半身を突っ込んだ。どうやらサイドブレーキを引いたらしく、停車している別の車にぶつかる前に止まった。

「すみません、こっちの人も意識がないみたいです。もう一台、救急車お願いします！」

わたわたと電話する人にそう叫んで、ぐったりするドライバーに声をかける。

幸い事故車両はないようだ。車に轢かれた通行人もいない。

しかし、車中にはいまだ意識のない人たちが取り残されたままだった。

かすかに聞こえてきたサイレンから、すでに通報されているのだとわかる。

「根室さんがなにも言ってなかったってことは」

「会社から現場まで十分もかかってない。十分のあいだにここまで成長したんだ」

早すぎる。昨日、わずか半日で体が倍になり、十分弱で動くまでに成長したということだ。停車する車で交差点の手前に渋滞ができあがっている。社用車がいったん止まるタイミングで南はドアを開けた。

「先に行きます！」

車をコインパーキングに入れるまで待つことができず、五十嵐に断って車外に出て歩道に移動する。不思議なことに、現場にはすでに看護師が何人か駆けつけていた。

「手伝えることはありますか？」

声をかけるとほっとしたような表情をした。

「お願いしてもいいですか？　そこの産院に行って、先生を呼んできてください」

「――え……？」

南は振り返ってビルを見た。

病院はある。

しかし、産院の看板はかかっていない。

「あのビルに産院ってありましたっけ？」

「ビルの裏側です。ちっちゃい看板しかないから見落とされちゃうんですよ。医院長が高齢で紹介状を持った人しか診察しないから存在感が薄くて。あ、医院長は相談役なので、若先生——若いほうの駒津先生をお願いします」

頼まれるままビルに向かう。裏から建物に入ると、階段脇に『駒津産院　産科・婦人科病院』と小さな看板が引っかかっていた。

「なくしたのは、探しているのは……」

わが子ではないのか。過去にかかわった事件の経験から〝赤ん坊関係〟と大きな枠で考えていたが、もっと単純な話だったのかもしれない。

盲点だった。

南は産院に駆け込むなり看護師に言われた通り〝若い駒津先生〟に交差点に行くように頼み、受付に、最近亡くなった妊婦はいないか尋ねた。

「そういったご質問にはお答えできません」

当然のように断られてしまった。

だが、南は見逃さなかった。

受付の女のわずかな動揺に。

手がかりはここにある。そう確信した。

4

　交差点に戻ると五十嵐が警察官に詰め寄られていた。よく見ると、昨日絡んできた鳴海沢だった。

「お前、昨日の今日で……」

「違います。誤解です」

　犯罪者という認識で見られているせいか、あるいは警察官の勘がそう言わせているのか、鳴海沢はなにがなんでも五十嵐を危険人物にしたいらしい。

「言い訳は署で聞こうか」

「俺は善良な一般市民です」

「いくら職業が警備員でもな、善良な一般市民はことあるごとに事件現場にゃいねえんだよ。ついでに、警棒振り回して通報もされねえ。わかったか、ああ?」

「本当に俺は無関係で……」

「日々警備保障に設置してある防犯カメラを確認してください。言いがかりだってわかっていただけると思います」

南はやんわりと口を挟んだ。口調は柔らかかったが内容には棘があったので、鳴海沢の眉が一瞬で跳ね上がった。「ああ?」と、ドスの利いた声を発して睨んできた。

「今は人命救助が第一だと思います」

ひるまず断言すると、鳴海沢が南に向き直った。顔が濃いからか、態度がそうさせているのか、威圧的な空気が強い。するりと足を踏み出した五十嵐が南を背に庇った直後、どこからか鋭い音が聞こえてきて、南ははっと振り返った。

ミニバンが交差点の奥にある駐車場のフェンスに突っ込んでいる。

「おいおい、またかよ!」

うめいた鳴海沢は、大柄な体に似合わず機敏な動作で事故車両に駆け寄った。意外にも、運転席から出てきた中年の男には意識があり、茫然自失でアスファルトに座り込んでいた。交差点の中央からはいはいで移動していた赤子が間もなく歩道にさしかかろうとしていた。どうやらそれに引っかかってしまったらしい。

大きな怪我がないのを見て胸を撫で下ろした南は、すぐわれに返って五十嵐に訴えた。

「産院を見つけました。ビルの裏側です」

さきほど呼びに行った先生が、鳴海沢に替わってアスファルトに座り込む男に話しかけている。たどたどしくはあるが、受け答えはできているようだ。

「――産院？」

「板男さんはキャンバス関係、花女さんは生花関係を探していたから、私、無意識に赤ちゃん関係を探していたんですけど、住人はもしかしたら赤ちゃんそのものを探してるんじゃないかと思って」

南の言葉を聞いて思案する五十嵐に「亡くなった赤ちゃんが自分の体を作り直すって可能性もあるんですが」とつけ加えた。どちらにせよ、産院は捜査の対象だ。

「病院はガードが堅い」

「はい。断られました」

もう訊いてきたの？　と五十嵐が目を丸くする。

「……でも、そうだな。俺も視野が狭すぎた」

むしろ広くとらえすぎていたのだが、南は素直にうなずいた。

「探すのは〝赤さん〟の関係者――母親や家族なんだと思います。確認してみますか？」

「ああ」

南は五十嵐とともにビルの裏手にある産院へと向かった。ビルに入るかと思いきや、彼は一通り辺りを確認してからその場を離れてしまった。

「五十嵐さん、病院の人に話を訊かなくていいんですか？」

少しでも手がかりのほしい南は焦れて尋ねた。すると五十嵐は近くにある街路樹を指さした。正確には、街路樹のそばにある雑居ビルを。

「……あ……!!」

雑居ビルに取り付けられている機械を見て南は声をあげた。防犯カメラだ。しかも、日々警備保障のシールが貼られている。

「商店街の依頼で取り付ける場合があるんだ」

五十嵐はスマホを取り出し、耳に押しあてた。

「お疲れ様です、五十嵐です。至急、確保してもらいたいデータがあります」

相手は部長だろう。防犯カメラに近づいた五十嵐は、本体に記載されているナンバーを読み上げた。すぐさま状況を察したのか、部長も詳細を尋ねることなく電話を切ったらしく、五十嵐もスマホをポケットにねじ込むなり南を見た。

「行こう」

「はい」

大股で歩く五十嵐に小走りでついていくと、すぐに彼の歩調がゆるくなった。心配そうに振り返り、ちゃんと南がついてきているか確認してほっとしている。そんな気遣いに口元をほころばせ、南は五十嵐の隣に並んだ。

交差点に赤子がいないのを見てぎょっと辺りを見回すと、歩道で座り込んでいた。

「ど……どうしましょう、あの状況」

「鳴海沢さんに頼もう」

下手に手を出して交差点の真ん中に戻ってしまうと被害が大きくなると判断したのだろう。鳴海沢を見つけるなり駆け寄った五十嵐は、歩行者の通行を規制するよう依頼した。いきなり頼み事だけする五十嵐を前に、鳴海沢のこめかみに浮かぶ青筋が今にも切れてしまいそうだった。

「よろしくお願いします」

そう言うなり、激昂する鳴海沢をその場に残しコインパーキングへ向かう。訳もわからず命令に従うのは納得できないだろうに、それでも言われた通りに三角コーンを設置する鳴海沢は、きっと真面目な性格に違いない。ちょっと不憫に思いながら車に乗り込み、会社に戻った。

「五十嵐くん、データはモニタールームで見られるようにしたから」

部屋に入るなり部長が声をかけてきた。モニタールームではすでに根室が動画のチェックをしていた。

「どのくらいありますか？」

「十年分」

「……十年……？」

根室の言葉に五十嵐が当惑し、南も驚きに目を瞬いた。

「あの辺り、いろいろ暴れるやつが多くて用心のために保存してあったらしい。ほら、交差点のトラ柵も突破されただろ。防犯カメラ設置前はああいうトラブルが頻発してたって話だ。酔っ払いが暴れたとか、リア充が暴れたとかで、窓壊したり落書きしたりで殺伐としてたんだと。裏通りの壁なんてマーキングにちょうどいいだろ」

まあ今も暴れてるんだけどなーと、防犯カメラの映像から目を離すことなく根室が肩をすくめる。

「ところでなにチェックすればいいんだ？」

十年前から映像を流しつつ根室が尋ねてくる。知らないまま見ているルーズさがいかにも彼っぽくて思わず苦笑してしまった。

「妊婦さんと小さな子どもがいる女性と、その家族」

五十嵐の言葉に根室の肩がわずかに上下した。

「……産院だぞ？」

「はい」

五十嵐がうなずく。根室がモニターから視線をはずした。

「どれだけいると思うんだ」

「そこまで通院されている人は多くない印象でした。できます」

「十年だぞ!?」

「俺と早乙女さんは遡(さかのぼ)っていきますから、根室さんは引き続き十年前から順番に映像を確認してください」

「十年だぞ!?」

「三人いてよかったです」

「部長おおおおおお!」

根室の叫びに、部長がモニタールームを覗き込んでいることに気づく。

「大丈夫、三人いるんだから!」

相変わらず〝大丈夫〟が軽い。

「手伝いたいけど、僕と山ちゃんはモニター見るの苦手なんだよ。ごめんね」

部長がするすると引っ込んでいく。どうやら助っ人は望めないようだ。

「好きなだけ動画が見られるから、根室さんは喜ぶかと思ってました」

「俺は二日完徹なんだよ!」

南に椅子をすすめながら意外そうな顔で意見する五十嵐に、根室は切実に吼えた。そんな根室に五十嵐は深くうなずいた。

「根室さんは以前、見守りカメラを五日間一睡もせず見続けたと自慢していたことがありました。ゴールデンウィークの最中です。計算上ではあと三日はいけます」

「いけねーよ！　趣味と仕事は違うんだよ！　労働基準法守れよ！」

五日完徹したときは趣味で見ていたらしい。どこに楽しさを見つけているかよくわからないが、他人の趣味に口出しするのも野暮だと考え、南は黙っていることにした。

五十嵐が用意してくれた紙に産院に出入りしている人を書き出していく。母子ともに無事な人は容姿と日付だけをチェックし、途中で通院をやめている人を探していく。

「病院変わってる人だっているんじゃないのか？　先生が合わないとか、引っ越しとか、トラブルで大きな病院に移ったとか」

ゴリゴリ書き留めながら根室が質問してきた。

「もちろんその人がどうなったか調べるのも想定内です」

「マジかよ!?　おい、早乙女が固まってんぞ！　五十嵐流一人人海戦術とか狂気の沙汰だぞ！　お前全然自覚ないけど！」

「根室さん、集中してください。手が止まってます」

新人が居着かない理由がよくわかる。南も初日にこれをやられたら、間違いなく退職願を出していた。

職場の人間関係が良好でなければ、今だって逃げ出していたに違いない。

「根室さん、頑張りましょう」

南が力強く追随する。

「お、お前ら、そろいもそろって」

根室がうめき声をあげた。


三階建てのビルの一番上が経営者である医師の住居とあって、緊急の際には夜間診療も受け付けるという産院が映った防犯カメラは、二十四時間くまなく見なければならない類のものだった。

モニターを凝視していたおかげで目が乾く。

慣れない南は一つのモニターを見ているよう指示されたが、根室は同時に六つのモニターをチェックし、本人しか判別できない文字を紙に書き殴っていた。ちなみに五十嵐は二つのモニターを同時に見て、相変わらずの尖った文字で患者の情報と私見を書き留めている。

「候補者は？」

五十嵐に訊かれて「三人です」と答えると「こっちは五人」と返ってきた。

「二十七人！　あー、リア充見てても面白くねーえ!!」

根室がひどいことを言っている。叫んだ直後に「あ、二人消えた」と、暗号のような文字に線を引く。一歳健診に訪れた母子を認めたのだ。

それにしても気の遠くなるような作業だ。

「ひ、人の顔を覚えるの、あまり自信がなくて……っ」

そんな南は、モニターの画面にスマホを向け、少しでも顔が鮮明に映っていると写真に残してチェックしていた。なので一人だけよけいに作業が遅いのだ。

昼食をとり、部長から「赤ん坊が手遊びをはじめたよ」と怖い報告を受けつつさらにモニターをチェックしていると、五時過ぎ——帰り支度をすませた山子がモニタールームを覗き込んできた。

「今、ニュースで流れてたんだけど」

そう前置きする。日々警備保障の休憩室にはテレビが置かれている。仕事柄、現場に直行して警備にあたる者や三交代制で働く社員が多く、仮眠室も休憩室も充実しているのだ。

どうやら山子はそこで流れているニュースを見たらしい。

赤子は移動せずに歩道で手遊びを続け、鳴海沢は五十嵐の依頼にしたがって三角コーンを設置し、警察官を交代で見張りに置いてくれていた。おかげでそれ以降は被害が出ていないはずだ。

「三角コーンを片付けたんですか?」

防犯カメラは交差点を中心に映し、赤子がいる場所は死角になっていた。被害が増えたのかと南がとっさに尋ねると、山子は「違うのよ」と、戸惑い顔で続けた。

「入院していた人の一部が意識を取り戻したって」

五十嵐と根室が啞然(あぜん)とする。

「よ……よかったんですよね……?」

喜ぶべき状況なのに、誰も喜んでいないのが引っかかる。

「——住人はあっちに帰ってないんだよな?」

根室に答えたのは、山子の隣からモニタールームを覗き込む部長だった。

「帰ってないよ」

「さっき確認しに行ったけど、成長はしても消える気配はない。……住人が原因なら、住人が帰るまで被害者に大きな変化はないはずなんだけど」

「じゃあ、住人が原因じゃないってことですか?」

「いや、原因は住人だと思う」

南の問いに五十嵐が端的に返してきた。

「今回のケースは特殊すぎるねえ。住人に触れたあとの症状も個人差があるし」

「そうなんですか?」

驚きに五十嵐が身を乗り出した。

「昏倒する人と、体調を崩すだけで少し休めば回復する人、まったく問題ない人の三パターンかな。性別、年齢なんかは関係ないみたいでバラバラだった」

部長の言葉に「これか」と根室が声をあげる。いつの間にかスマホを手に渋面になった彼は、南と五十嵐にスマホ画面を見せた。流れていたのはニュース動画だ。ニュースキャスターが、事件当時の状況や入院した人数、症状、現在警察が調査中であることなどを手短に読み上げていた。そして、入院患者の一部が意識を取り戻し、退院したことも。動画の最後に、高校生らしき若者がはしゃいだ様子でインタビューに答えていた。

『倒れたことも知らなくて。なんか、起きたら病院で警察来てびっくり! みたいな』

ものすごく軽い。口元だけが映され声も変えてあったが、意識不明で救急搬送されたとは思えないほど血色がいい。どう見ても健康体だ。

『徹夜で遊んでたんで、そのせいで倒れたのかも』

あはは、と、陽気に笑ったところでニュース動画が終わった。当然、コメント欄は荒れていた。『迷惑すぎる』『救急車でベッドインとかふざけんな』という批判に賛同が多く集まっていたが、朝の時間帯にも意識不明で搬送されていた人がいるうえに、車を運転している人まで同様の被害に遭っていることから、有毒ガスや地域性の病気を疑う声など不安も出ていた。

根室は関連ニュースをタップして首をひねる。

「搬送されるときより元気になって退院してる感じなんだよなあ」

検査で異常は見られず、そのうえ昏倒した人々にも交差点付近にいたという共通点しかない。記事は〝現代の怪奇現象〟とまで書き立てて人々の関心を誘っていた。

「倒れた原因があの赤ん坊型の住人だとして、回復のきっかけが謎だよなー。しかも、影響のない人間もいるんだろ？　なんか法則があるはずなんだけど」

「ランダムじゃないいんですか？」

思わず南が尋ねると、根室は腕を組んで椅子の背もたれに体を預けた。

「そういう事例は聞いたことがないからなあ。部長はどうです？」

「ないねえ」

答えてからちらりと五十嵐を見る。

「俺もないです」

五十嵐も難しげに眉を寄せながら答える。視線は防犯カメラの映像に向けられている。南もモニターに視線を戻しながら単純な疑問に口を開いた。

「どうして住人がいると気分が悪くなったり倒れたりするんですか?」

住人を危険視するのは、彼らが人々の生活に影響を及ぼすからだ。それさえなければ、あるいは放置という道だってあったかもしれない。

「うーん、たとえば体に合わないものを食べたりしたら体調を崩すでしょ? それと同じだよ。彼らの存在は、君たちには害なんだ。毒と言い換えてもいい。吸うだけで意識を失うものもあれば、触れるだけで死に至るもの、今回のように触れることで意識を混濁させるものもいる。毒の種類がさまざまあるように、症状も、それにいたる経緯もさまざまということだ」

「そ、そんなに危険なんですか?」

「カテゴリーⅠとカテゴリーⅡは、基本的には無害だよ。Ⅲに移行すると危険になるものが多い。綴化の末期まで行くと概念が固定化されちゃうから、形骸化されて天災か無害の二つに分かれるんだけどねえ」

「天災って」

「うん。被害も死者も跳ね上がる。それこそ大災害さ」

最近は対策が功を奏して被害自体が減ったけど、昔は本当に多くてねえ。と、部長がいつも通りのほほんとつけ加えるが、内容がいきなり血なまぐさい。

「こ、この、赤さんは」

「動き出した時点で綴化したと考えれば、今は中期かな。これ以上活発になったら厄介だよね。なんとか一箇所にとどめておきたいところだけど……子どもは、じっとしていないからねえ」

今は手遊びに夢中な幼子（おさなご）は、いずれ立って歩き出す。今ですら退院できない人がいるのに、被害はさらに増えていくらしい。

南はさっと青ざめた。

意識が戻った者もいた。だが、赤子が動き出せば、解決策もないまま状況だけが悪化する。

「お、お子さんは無事ですよって言ってみるとか」

「綴化って、住人の精神状態でも進行が変化するんだよ」

適当な対応をすれば状況を悪化させかねない。だから下手に接触するな。言外に部長に釘を刺されてしまった。

「散らすのはいいんですか？」

「あれだって本当は止めたいんだよ、僕は。でも、住人がいる場所によっては被害が出ちゃうし、移動先からわかる情報もあるから禁止にできないんだ。できるだけ無茶はしないよう普段から五十嵐くんには言ってるわけだけど」

いつも警棒を持ち歩く五十嵐は、市民の安全と情報収集を第一に行動しているのだろう。

部長の溜息に小さくなっている。

「ところでなんで〝赤ちゃん〟じゃなくて〝赤さん〟？」

「本当の赤ちゃんの場合も考えたんですが、見た目は子どもで中身は大人って可能性のほうが高そうだったので」

南が答えると、部長は「なるほど」と納得した。

モニターに注視した南は、違和感を覚えて首をかしげた。

駒津産院は女性特有の病気も診るため、妊婦はもちろん、十代の学生らしき女の子や比較的高齢の婦人も多く通っていた。その中に、赤ん坊をかかえた男の人の姿が映っていたのだ。母子というなら定期健診で通うので珍しくない。夫婦で通うのも、多くはないが、いないことはない。だが、新生児とわかるほど小さな子どもと父親という組み合わせははじめてだった。

「い、五十嵐さん、この人！」

南はとっさに五十嵐を呼び寄せる。モニターを覗き込んだ五十嵐は、小さく声をあげるなりメモをあさり、モニターに別の動画を再生させた。

日付は二カ月前。定期健診なのだろう、ビルに入っていくお腹の大きな女と、つきそう男の姿だった。

「根室さん、交差点の動画を出してください」

住人が交差点に現れたことから、通院に電車を使い、よくそこを通ったのだと判断したのだ。五十嵐の指示に根室がマウスをつかんだ。

「通院から退院のあいだのデータか？　ちょっと待ってろ、今……」

「いえ。赤ちゃんを連れた男性が防犯カメラに映ったのが五日前だったので、そこから遡って……長くとも、二十日分を」

住人の〝成長〟速度から当たりをつけた五十嵐の指示に、南は肩をこわばらせた。一体そこになにが映っているのか、考えるだけで不安になる。

「二十日って……それくらいなら、俺もチェックしたけど」

異変はなかったと根室は釈然としない面持ち（おもも）ちだ。マウスを操作すると全部のモニターに防犯カメラの映像が映し出された。むろん、すべて別の日付、別の時間帯だ。しかも四倍速だ。動きが速すぎて、南は一つのモニターを見るので精一杯だ。対して根室はモニターから離れ、腕を組んで全体を見渡している。

しばらくして。

「これか」

根室がマウスをつかんだ。右端のモニターが止まり、巻き戻される。再生されても根室がなにを見つけたのかさっぱりわからなかった。

「根室さんの動体視力は病的」

感嘆の声だが、五十嵐の褒め方は相変わらず微妙だ。しかし根室はまんざらでもないようで、顔をそむけつつもゆるんだ口元が見えていた。

「ほら、ここだ」

動画が再生される。二週間前の防犯カメラの映像だ。夕刻、帰途につく人々が足早に交差点を行き来するありふれた光景だ。

「ほら、ここ」

根室が興奮気味に繰り返すが、どこが〝ここ〟なのか、動画を凝視しているのにさっぱりわからない。どうやら南どころか根室以外の全員が理解できなかったようだ。

「だーかーら！」

苛立ったようにもう一度動画が巻き戻され、再生される。「ここだよ」と、根室が交差点の中央を指さした。それはちょうど、赤子が一番はじめに現れた場所だった。女の人が立っている。後ろ姿からも妊婦だとわかるほど大きなお腹に手をそえた彼女は、どこか放心したように暮れゆく空を見ていた。

たったそれだけの映像。

異変など見当たらない、一見すれば平和な光景だった。なんの指示もなく動画を流していた根室が見逃しても不思議のないものだった。

ただ一点を除いて。

「この人……!!」

夫とともに産院に通っていた女だった。

ほんのわずか空を見上げ、彼女はふらふらと歩き出した。駅に向かって。なにごともなかったかのように。

「――あの制服、見たことがある」

五十嵐がつぶやいた。確かに見たことがある。けれど、思い出せない。淡いピンクのブラウスに赤と黒と白のタータンチェックのベスト、黒いフレアスカート――制服自体は比較的個性的で記憶に引っかかっているのに。

「行こう」

うながされ、南は慌てて五十嵐のあとに続いて会社を出た。


五十嵐が向かったのは件の交差点だった。

赤子は完全に歩道を塞ぎ、手をバタバタと動かしていた。何度か体を前屈させる姿が歩き出す予兆のようで、見ているだけで不安になる。

「五十嵐さん」

「——こっちに」

動揺して立ち尽くす南を五十嵐が手招きする。南は赤子から視線をはずし、小走りで五十嵐のもとに向かった。どこに行くのかと思ったら、駅から少し離れた場所にあるビルの五階、学習塾だった。対応してくれた事務員を見て「あっ」と声をあげる。マタニティ用とやや作りは違っているが、防犯カメラに映っていた女の服と似た配色の制服を身につけていたのだ。

「こ……こちらに」

どう切り出すべきか思案しているのだろう。五十嵐がいきなり口ごもった。最近この辺りに異常がなかったか尋ねるために押しかけていたせいか、再び訪れた南たちに事務員は困惑気味だった。

南はぐっと唇を噛み、一歩前に出る。

「すみません。実は、先輩がここにいるって聞いて来てたんです。私、部活の後輩で……先輩は結婚して名字が変わってるんですけど、旧姓を山田っていって」

隣で五十嵐が「え？」という顔をする。もちろんはったりだ。

「先輩、もうすぐ赤ちゃんが産まれるって話してたんですけど……」

出産間近の妊婦。そのキーワードに、事務員が即座に反応した。

「佐藤さんの旧姓は今井だったはずだけど」

怪訝な顔で訂正する事務員に、南は内心で歓声をあげる。

「あ、そうだった。両親が離婚して今井に変わってたんだった！　中学校の頃からずっと山田先輩って言ってたんで、クセで」

はっとわれに返った五十嵐が、南の隣でうなずいている。南は胸を押さえて安堵の表情を作った。

「よかった。ここにいるんですね。出産祝いのメール送ったのに返事がなくてすごく心配してたんです。駅近くの学習塾で働いてるって聞いてたから——すみません。このあいだは、急に押しかけたら迷惑かなって、誤魔化しちゃって」

いかにもすまなそうに頭を下げる。対応してくれている事務員が、困ったように奥にいる別の事務員を振り返るのが見えた。

〝佐藤さん〟がどうなったか、南はもう知っている。知っていて、知らない顔で、動揺が声に出ないように尋ねなければならない。

深く息を吸い込んだ。声を出そうとしたら息が震えた。

刹那(せつな)、五十嵐がそっと南の背中を叩いた。

南は唾(つば)を飲み込んで質問を投げた。

「山田先輩——佐藤さんは、どちらに？　早乙女が来たって、伝えてもらえますか？」

事務員の顔が曇(くも)る。それすらも気づかないふりをして、戸惑い顔を作る。

「どうかしたんですか？」

「——佐藤さんは二週間前に亡くなりました」

やはり、という思いで、とっさに声が出なかった。そんな南の反応が事務員には哀(あわ)れに映ったらしい。「急だったのよ」と声を詰まらせながら教えてくれた。

「夕方、ちょっと調子が悪いって言ってて、深夜に意識がなくなったって。大きな病院に搬送されて、帝王切開でなんとか赤ちゃんだけは無事だったんですって」

　そこまで言って、こらえきれずに涙を拭いた。

「無理しちゃだめだってずっと言ってたのよ。佐藤さん人一倍頑張り屋で、受験生の子たちをみんな無事に合格させてあげたいからサポートに手を抜きたくないって……なにも退職する前日に倒れることないじゃない。やっと授かった赤ちゃんに会えずに逝くなんて、あんまりだわ」

　大粒の涙をこぼして訴えた事務員は、もう一人の事務員に慰められて嗚咽を漏らした。

　あと一日、もう一日と頑張って、無茶をして、命を落とした人――。

　ああ、だから。

　南はようやく納得した。

　愛するわが子に会えなかった女は、無茶をする人たちを放っておけなかったのだろう。自分と同じような後悔を繰り返さないように、彼女は人々に〝休養〟を与えようと一時的に意識を奪っていたのだ。だから、健康で気力が十分な人が触れても問題がなく、逆に、疲労が溜まっている人にのみ影響が出た。そして、体調が戻れば意識も戻る。そういう仕組みだったのだ。

　生前献身的だった彼女は、死後もまた献身的だった。

けれど今の彼女は災厄になりつつある。

人々が混乱することを、きっと彼女は望んでいない。

「それで、佐藤さんの……その、旦那さんは？」

五十嵐の質問に南はわれに返る。わが子に会えば、〝赤子〟の暴走も止まる。きっと他の人たちと同じように、彼女がいるべき場所に還ることができるだろう。

南も「教えてください。会いに行きたいんです」と強く訴えた。

しかし事務員たちは戸惑い、顔を見合わせた。

「旦那さんの実家に引っ越したのよ。もともと子どもが生まれたら同居するって言ってたんだけど、佐藤さんが亡くなって旦那さんのご両親がすごく心配されて、すぐに戻ってこいって……仕事もしばらく休職するって言ってたわ」

「引っ越したんですか!?　もう!?」

「旦那さん、佐藤さんが亡くなってからごはんが食べられなくなって、一睡もできなくなったって言ってたから、それで……」

「実家は」

「んー、静岡だったかしら」

細かくは尋ねていないらしく、返答は曖昧だった。静岡なんて範囲が広すぎる上に、佐藤なんてよくある名前、簡単に個人が特定できるとは思えない。雲をつかむような話にめまいがする。妻の実家である今井の連絡先がわかれば夫の実家を聞き出せるかもしれないが、中学校の頃の後輩と偽っているので尋ねるのも不自然だ。南の立場なら、中学時代の知り合いに訊くほうが自然だろう。

防犯カメラを追えば住所が特定できないだろうか。以前、警察が防犯カメラをリレー形式で追っていき犯人を逮捕したというニュースを聞いたことがある。

根室なら、それができるかもしれない。

けれどもし可能だとしても、膨大な時間が必要になるのは間違いない。

「突然のことだからショックよね。私たちも本当にショックで……亡くなったなんていまだに信じられないわ」

真っ青になる南に同情し、事務員は目尻にたまった涙を拭いた。

「ご、ご兄弟、とかは」

「お姉さんが葬儀のときに駆けつけたけど、もう北海道に帰ったと思うわ」

「妹さんは青森って言ってたかしら。お子さんが小さいから、長居できないとか」

もう一人の事務員が続けて答え、南はぐっと唇を噛んだ。北海道と青森――静岡以上に範囲が広い。故人の身内を探し出すのは困難を極めるだろう。

尋ねれば尋ねるほど希望が潰えていく。

ならば、佐藤夫婦が住んでいたという場所に行って、近所の人から引っ越し先を聞き出せないだろうか。それがだめなら引っ越し業者だ。社名がわかればおおよその配送先を聞き出せるかもしれない。

このままでは、あの〝赤子〟は、夫や子どもに会えないまま、ただの災厄になり果ててしまう。

授業が終わったのだろう。塾生たちがぞろぞろと教室から出てきた。外を見るとすでに真っ暗で、建物の至る所に明かりがともっていた。

塾生の一人が親しげに事務員に話しかけてきた。ボブカットもかわいい溌剌とした女の子だった。

「どうしたんですか?」

「佐藤さんの中学の頃の後輩の方がいらっしゃったの」

「あ……」

一瞬で少女の表情が曇った。カバンをぎゅっと胸に抱き、しぼり出すように言葉を続ける。

「私のせいです。授業についていけないときに相談に乗ってもらって、親と喧嘩したときも佐藤さんが話を聞いてくれたんです。カレシに二股かけられたときは愚痴に付き合っていっしょになって怒ってくれて……受験生の人たちのアフターフォローもしてて、体、きっと辛かったのに、全然気づけなくて」

「三輪さんのせいじゃないわ。佐藤さんだって、きっとそう思ってるから」

「でも……」

「力になりたかったのよ。佐藤さん、そういう人でしょ。落ち込んでたら怒られるわよ」

ゴシゴシと目元をこする少女を事務員は泣き笑いで励ます。

「そういえば三輪さん、最後に佐藤さんの旦那さんと話してたわね」

「はい」

「連絡先は」

五十嵐がとっさに口を挟み、皆の視線にたじろいだ。つつっと顔をそむける彼に、少女は小首をかしげながら「聞いていません」と答えた。親しかったのは妻のほうであり夫のほうではない。当然の答えだった。

南は肩を落とし、五十嵐は渋面になる。

「だけど――」

少女はカバンからスマホを取り出し、南たちに差し出した。

発売されて間もないスマホだった。

そこには、予想外のものが保存されていた。

5

学習塾から出て階段を駆け下り、南と五十嵐はまっすぐ駅へと向かった。

正確には、駅前の歩道に。

三角コーンとコーンバーで通行禁止にしているせいか、迷惑げな顔をしながらよけて歩く人の姿が目についた。無理に突破しないのは、そこに警察官が立っていたためだろう。

「鳴海沢さんだ」

よりによって、こんなときに五十嵐ともっとも相性の悪い男が三角コーンの前で仁王立ちしていた。五十嵐を見るなり「またお前か！」と顔を歪めるのが遠くからでもわかる。

しかし南が驚いたのは鳴海沢の存在ではなく、彼のおかれた状況だった。

「い、五十嵐さん、あの人、普通に赤さんに触られてますけど」

歩道いっぱいに〝成長〟した赤子が座り込み、手を振り回す。その手が何度か鳴海沢に触れるのだが、彼はまったく動じた様子がない。気力も体力も有り余っている人には無害というのがよくわかる。だが、なにも感じていないわけではないようで、ときどき体をもぞもぞ動かしては赤子の興味を引いていた。

「鳴海沢さん、いい人」

結果的に赤子をあやす形になっている鳴海沢に五十嵐が感動している。被害を最小限に抑えているという点では確かに素晴らしい人材だ。

「なにしに来た？」

鳴海沢はぞんざいに口を開く。道路をふさぐ厳つい警察官の前には、場合によっては貧弱に見えかねない細身の五十嵐と小柄な南が立っている。歩行者用の信号が青から赤になると、信号待ちの人々が奇妙な組み合わせを気にしてチラチラと見てきた。

五十嵐はポケットからスマホを取り出し、それを鳴海沢に向けた。

否、鳴海沢の背後にいる巨大な赤子に見せたのである。

「あなたが産んだ赤ちゃんです」

辺りがざわついた。赤子を注視していた南は、どよめく人々に気づいて周りを見回した。近くにいる人はほぼ全員、五十嵐と鳴海沢を見ていた。驚きに目を見開く人、好奇心に目を輝かせる人、照れたように頬を赤らめる人までいる。皆の反応を奇妙に思いながら視線を戻した南は、そこでようやく異界の住人の姿が一般人には見えていないことを思い出した。

「……あ……っ」

人々の目には、五十嵐がスマホを見せているのは鳴海沢にしか映らず、五十嵐の言葉は鳴海沢に向けたものと認識される。

五十嵐の言葉と人々の視線に、鳴海沢がたじろいだ。

「な、……なにを、言い出すんだ、お前は……!?」

「よく見てください。予定日より早く生まれてしまいましたが、幸い保育器に入る必要もなかったそうです。お母さんによく似た、とてもかわいい女の子ですよ」

「おい五十嵐、冗談はよせ!」

鳴海沢の顔が動揺で赤黒くなる。彼の背後にいる赤子は手遊びをやめ、きょろきょろと辺りを見回しはじめた。

「ここにはいません。旦那さんと実家に帰っています。本当はここに連れてきたかったんですが、少し難しくて……すみません」

「五十嵐……!!」

「俺は妊娠も出産も経験がないので偉そうなことは言えません。でも、あなたはよく頑張ったと思います。あなたが産んだお子さんはとても健やかに過ごしていると、俺はそう思います」

口下手な五十嵐が懸命に語りかけ、人々は「マジかよ」という顔とともにスマホを取り出す。鳴海沢はぶるぶると体全体を震わせている。

マズい。

赤子の成長を警戒して直行したのは間違いだった。時間をずらし、もう少し人通りが少なくなってからにすべきだった。

だが、すべては後の祭りである。

「旦那さんと旦那さんのご両親が、あなたが産んだお子さんを大切に育ててくれています」

断言する五十嵐に鳴海沢が吼えた。

「五十嵐――!!」

ヤバい。阿鼻叫喚だ。人々のざわめきがいっそう大きくなり、歩行者用の信号が青になっても誰一人として渡ろうとしない。それどころか、駅に向かうため交差点を横断してきた人たちまで野次馬に加わって騒ぎが大きくなっていく。

「い、五十嵐さん」

五十嵐を制止しようと青くなって手を伸ばした南は、赤子の顔がくしゃくしゃと歪むのを見て息を呑んだ。

顔を真っ赤にして大きな赤子が泣いている。悲しみに染まる声。恥も外聞もなく大声をあげて泣き続ける赤子の輪郭（りんかく）が崩れ、涙といっしょに流れていく。
そして現れたのは、防犯カメラに映っていた女だった。
両手で顔をおおい、泣きじゃくっている。
《ごめんね、ごめんね。お母さん、いっしょにいてあげられないの》
絞り出された声は後悔に震えていた。
《あんなに会えるのを楽しみにしていたのに、だめなお母さんでごめんね。ちゃんと産んであげられなくてごめんね》
嗚咽の合間に聞こえてくる声は謝罪を繰り返していた。
《一カ月健診にも、三カ月健診にも連れていってあげられないの》
きっと、生まれる前から楽しみにしていたのだろう。寝返りを打つ瞬間、はいはいで歩き回る姿、つかまり立ちを覚え、やがて歩き出す。言葉だっていずれ覚えるだろう。一番はじめになにをしゃべるか、きっと誰より楽しみにしていたに違いない。春が来て小学校に入学すると、子どもの世界はぐっと広がる。学校でちゃんと馴染めるか、友だちはできるか――そうやって、わが子の成長を見守る未来を誰よりも夢見ていたに違いない。
「だめじゃないです。全然、だめなんかじゃないです。あなたは立派なお母さんです」

とっさに南は訴えた。

彼女の行動は称賛されるものではない。聞く人によっては母親失格だと、そう感じる類のものだろう。自分の体よりも仕事を優先し、結果、命を落としてしまったのだから。わが子に寂しい思いをさせてしまうことになってしまったのだから。

それでも、南は思うのだ。

目の前にいる塾生たちと自分の中で育っていく子どもを重ね、力になりたいと願った彼女の純粋な思いは、間違ってはいなかったのだと。

つらい結果になってしまったけれど、胸に深く刻み込まれた悔いはきっと消えることはないけれど、だめだなんて言って、自分をこれ以上傷つけてほしくない。

「そうです。だめだなんて、そんな悲しいことは言わないでください」

五十嵐も肯定する。そして、深々と頭を下げた。

「会わせてあげられず、申し訳ありません」

わが子を探し、強い執着から赤子となっていた女は、ひとしきり泣いたあと両手で目元をゴシゴシとこすって顔を歪めた。

《ありがとう。あの子の無事がわかったなら、もうそれだけで……》

笑顔だ。両目にいっぱい涙を溜めながら、それでも彼女は晴れやかに笑っていた。

スマホには、病院の一室で、生まれて間もないとおぼしき新生児を不器用に抱きしめる男の姿が——彼女の愛する家族が写っていた。

それは、数日前、学習塾にあいさつに来た彼女の夫からもらったという写真だ。その写真のデータを五十嵐のスマホに送ってもらったのだ。

赤子の無事を、彼女に伝えるために。

《その写真、もらっていけないのが残念だわ》

執着が消えたわけではない。それでも彼女は、思い出だけを胸に抱き、そうして消えていった。

南は目尻にたまった涙をそっとぬぐう。

「よかったですね、五十嵐さん」

今入院している人たちも、数日で意識を取り戻すだろう。彼女が起こした事件はすぐに人々の記憶から消え去るに違いない。

それでも、疲れ切った体を引きずる毎日に、ふと、立ち止まってくれる人がいるかもしれない。彼女の後悔は小さな教訓として、未来に引き継がれていくのではないか。

「五十嵐、さ……」

よかった、と、胸を撫で下ろす五十嵐を見て、南ははっとわれに返った。周りの人だかりが膨れあがっている。人々はことごとく南を、五十嵐を、鳴海沢を見ていた。

「……ぁ……!!」

鳴海沢の目が吊り上がっていた。それでなくとも鋭い眼光が、凶暴を絵に描いたみたいに研ぎ澄まされている。

その視線はまっすぐ五十嵐に向けられていた。当然だ。言葉が足りなさすぎて、人々におおいに誤解されてしまったのだから。しかも、住人を無事に帰せたことに満足した五十嵐は、「お疲れ様でした。もう規制は必要ありません。引き上げてください」と、激昂する鳴海沢に用件だけ告げて踵を返し、人だかりにぎょっとしつつさっさとその場から逃げようとしたのだ。

「五十嵐いいいい!!」

夜空にとどろく大絶叫に、南は震え上がった。

終章　誰も知らない

「いつか僕は、彼らに送ってもらいたいんだ」

〝赤子〟が異界に還って一週間。部長はいつも通りほがらかな声でそんなことを言った。

「どうだい、いい考えだと思うだろ？」

同意を求められ、山子はパソコンから視線をはずして「うーん」とうなった。

「でも部長の探し物って、探せる系統の探し物じゃないですよね？」

「百年以上探したんだけど見つからないねえ」

「それ普通に絶望的なんじゃ」

「だけどほら、僕たちみたいに綴化末期なうえに形骸化されちゃった住人は、絶望的なのが多いから希望くらい抱きたいじゃない？」

のほほんと同意を求められ、山子は溜息をつく。

「部長は基本的に平和ですよね。天災級のカテゴリーⅢのくせに。意識ぶっ飛んだら本州沈めちゃうでしょ」

「いやいや、僕なんてせいぜいこの県くらいだよ」

それは間違いなく大災害だが、部長にとってはたいしたことではないらしい。同じカテゴリーⅢでも、天災級と無害化されたヒトとでは感覚が違うのだ。

「山ちゃんは探さないの？　自分が探しているものがなんなのか自覚はあるんでしょ？」

部長の問いに、山子は曖昧に笑った。

胸を焦がすほどの執着はすっかりすり切れ変質し、自分という妄念だけが存在し続けている。こんな状況が正常だなんて思わない。

いつか自分も、自分がいるべきところに還る日が来るのだろう。

「私も送ってもらうなら、あの二人がいいな」

ぽつんとつぶやく山子に、部長がうなずいた。

「悲しませちゃうかもしれないけどね」

「ですね」

苦笑を交わしていると、部長が箱を差し出してきた。休み時間に買ってきてほしいと頼まれた和菓子だ。部長は豆大福がことのほか好きだった。

「いただきます」

一つつかんで口に運ぶ。

「豆大福はいいよね。柔らかな餅の食感と固い豆の食感が絶妙で、中の粒餡は上品に甘い。豆の風味とあいまって、傑作だと思うんだ」

「――皮肉ですよね。形骸化されたら食べ物の味がわかるようになっちゃうんだから。人に認知されて、まるで本物の人間のよう」

「おかげで毎日楽しいよ。甘味が楽しめない世界なんて地獄だ」

しみじみとうなずく部長に山子は肩をすくめる。

「これで日本酒があれば最高ですね」

「よくわかってるじゃないか。さすがだ、山ちゃん」

二個目の豆大福を頰張りながら、部長がうんうんとうなずく。三個目に手を伸ばしたとき、五十嵐と南が外回りから帰ってきた。

「お帰り、どうだった?」

山子と交わした会話などなかったように部長が五十嵐に尋ねた。

住人たちは遺失物係によって監視されている。

だが、もちろんすべてはカバーしきれていない。防犯カメラの数や設置場所、監視員の少なさから当然の結果だ。

しかし根室は、異様なこだわりと勘でそれらリスクを減らしている。

「根室さんが言ってたチェックポイントの住人、カテゴリーⅡでした。綴化するかは未知数ですが、監視対象です。と、五十嵐さんがさっき言ってました」

ハキハキと報告したのは南だ。報告を終えてから首をかしげる。

「防犯カメラがないのに、どうしてわかったんですか?」

「根室くんは画像の乱れとか、ちょっとした異変も総合的に見るからね。しかし、以前もそこにいた住人がカテゴリーⅢになってたよね。社長に相談して防犯カメラが置けないか交渉してもらおうかなあ。ほら、地域の安全のために！」

部長は五十嵐と南に豆大福を差し出しつつさっそく依頼書を用意し、「ちょっと巡回増やしたほうがいいかもねえ」と思案げに告げる。防犯カメラがない地域は定期的な見回りが必要になる。なにせ地域が広いから、デスクワークより巡回のほうがはるかに時間がかかる。

甘いものが得意ではない五十嵐は豆大福を断り、逆に甘いものが好きな南は「いただきます」と豆大福を手にし、その柔らかさに歓声をあげた。

「南ちゃんもそのうち車の免許取らなきゃね」

山子が声をかけると、南は豆大福を頬張りながらちょっと不安げな顔になった。

「と、取らなきゃだめですよね？」

「費用は会社持ちよ、会社が取ってほしいって頼んでるんだから」

「本当ですか!?」

ぱあっと目を輝かせる。いずれ南も一人で巡回に出てもらうことになるだろう。しかし、五十嵐と南のコンビはとても相性がいいらしく、別々で仕事させるのは少し惜しくて迷ってしまう。

「さすが、五十嵐くんが自分で選んだパートナーなだけあるわね」

「え？　誰がですか？」

山子が南を指さすと、きょとんと目を丸くして「私？」と問い返してきた。

「不採用者の履歴書の中から南ちゃんのを引っぱり出して、〝ください〟だもん。おろおろする部長が面白かったわ」

「不採用だったんですか!?」

「だったのよー。なんで五十嵐くんは南ちゃんを選んだの？」

仰天する南から、山子は五十嵐にターゲットを変える。

「……な、なんとなく」

「え？」

五十嵐の言葉に山子は唖然とする。履歴書が届きはじめてから、五十嵐は目に見えてそわそわとし出し、ついには部長に頼み込んだのだ。履歴書を全部見せてほしい、と。部長はもちろん渋った。履歴書なんて個人情報の塊だ。人事課が許可するはずがない。あまりにも熱心に五十嵐が頼むものだから、部長も渋々と社長に交渉し、コピーは取らない、情報は外部に漏らさない、貸し出すのは一時間だけ、という約束のもと、なんとか持ち出したのだ。

五十嵐に渡されたのは、採用者の履歴書の束と、不採用者の履歴書の山。

彼はそれを見比べ、不採用者の履歴書の山をかき分け、一枚を取り出した。

それが早乙女(さおとめ)南の履歴書だった。

「本人を見たわけじゃなくて履歴書を見ただけで、なんとなく？　五十嵐くん、それ本気で言ってるの？」

不採用者だと繰り返す部長が根負けするくらい「ください」と連呼しておきながら、まさか勘で南を選んだなんて。

「それこそ必然(運命)じゃないの」

山子は呆(あき)れかえって小さくうめいた。

五十嵐の右目は特別製だ。仮死状態で生まれた彼は、一時的に〝あちら〟に渡り、住人となんらかの形でかかわり、再びこちら側に戻ってきた。そのときに異界の住人を見ることができる右目を手に入れたらしい。

そして、南も。

山子は部長に頼まれ、南が入社する前に彼女の過去をさぐった。親の借金で苦学生、勉強とバイトに明け暮れる生活。そして、借金の原因となったのが、体の弱かった彼女自身だった。幼少の頃に高熱を出した彼女は、半年ものあいだ生死をさまよった。一時期は心肺も停止し、死亡と診断されたこともあった。

けれど彼女は息を吹き返し、奇跡的な回復を見せた。

恐らく彼女は〝まっとうな人間〟ではない。生死をさまよったあいだ、あるいは心肺が停止したときに、あちら側で住人とかかわり、魂の一部、もしくはそのすべてを作り替えられているのではないか——部長は山子の報告からそう予想した。

幸いだったのは、その弊害が出なかったこと。部長は曖昧に濁していたが、眼鏡を渡したことで彼女の魂と体になんらかの影響が出たのは間違いない。それでも彼女はまだ日常を平穏に過ごせている。

南との出会いが偶然でないのなら、五十嵐自身が本能で望み選び取ったものであるのなら——。

「うーん、やっぱり五十嵐くんと南ちゃんを離すのは忍びないわー。当分いっしょに行動してもらいましょう。ね、部長！」

「そうだねえ。平和だしねえ」

うなずき合う山子と部長に、南と五十嵐がきょとんとする。直後、部長が「そういえば」と、思い出したように五十嵐に声をかけた。

「警察から抗議文が来たよ」

「俺にですか？」

意外だと言わんばかりに目を瞬(またた)いた五十嵐が、マイペースに着席してパソコンに電源を入れる。彼は帰社するとまずニュースサイトをチェックする。〝異常〟がないかを確認するのだ。地方の小さなできごとから全国の事件までリアルタイムで更新されるから便利だと、以前、しみじみ語っていた。

部長はうなずき、南を見た。

「そうそう、君に。あと、早乙女さんにも」

「私にも!?」

南はパソコンに手をかけたまま固まった。

「ほら、鳴海沢(なるみさわ)くんの件。公務執行妨害だって、大変な剣幕だったらしいよ。怒ってた理由は仕事邪魔されたのとは別件だろうけどね」

当時のことを思い出したのだろう。南の顔が引きつり、五十嵐がパソコン画面を見て「あ」と声をあげる。

「記事になってる」

五十嵐がノートパソコンを南に向け、親切にもニュース画像を見せてくれた。タイトルはこうだ。

『駅前の珍事！　警官ママの正体は？』

モザイクのかかった写真が掲載されているが、どう見ても鳴海沢だった。関連記事が六日前からアップされているが、どれも鳴海沢が子どもを産んだ〝母親〟扱いされ、コメント数が突出していた。

「……優しい世界、旦那マジ尊敬、最先端すぎて理解不能、新世界到来で草生えるw……おおむね好評です」

「五十嵐さん、そのコメント欄、どう見ても好評じゃないです」

あわわ、と、南が青くなる。

「イイネがいっぱいついてる」

「イイネは賛同したり共感したときに押すんです。コメント欄は大荒れです」

「……優しい世界なのに……」

納得いかない、という顔で五十嵐が眉をひそめた。彫りが深くて厳つい顔、誰が相手でもひるむことなどないであろう鍛え上げられた立派な体躯――そんな男が出産直後のママ扱いされたら〝優しい世界〟も歪んで見えるはずなのだが、五十嵐はコメント欄を見て首をひねっている。

南はそんな五十嵐に、小声で話しかけた。

「そんなことより五十嵐さん、どうして私を採用したんですか？」

こっそり尋ねているつもりらしいが、いかんせん席が近いし人が少ないしで、南の声は丸聞こえだ。

しかし、山子も部長も聞こえないふりで豆大福を平らげて仕事に戻る。

南はなおも質問を続けた。

「なんとなくって、そんな曖昧な基準じゃないですよね？」

「えっ」

「な、なにが、気に入ったんでしょうか……!!」

「えっ」

身を乗り出した南が耳まで赤くして問い詰め、問い詰められている五十嵐は狼狽えている。いやだわ、かわいいわー、と山子はニヤニヤと様子をうかがう。好意と興味で繋がった人間関係のなんと健全なことか。初々しくて見ているだけでにやけてしまう。

五十嵐がどんな言葉を返すか耳をそばだてていると、無粋なことに内線が鳴った。

「根室、空気読め……!!」

五十嵐と南は今帰ってきたばかりなのに、そもそも楽しい会話の最中なのに、どうして狙い澄まして内線を寄越すのか。山子がチッと舌打ちすると、部長が苦笑しながら受話器を取った。

「――カテゴリーⅢ、綴化か」

復唱する部長の声に、五十嵐と南が緊張する。

日々（にちにち）警備保障、遺失物係。正式名称を異界遺失物係というその部署は、人には見えず、ときに人に害をなす者たちを秘密裏に異界へ帰すことを目的に作られた特殊部署だ。

「出動だ、二人とも」

今日もその号令とともに、五十嵐と南は人ではないヒトを救うために立ち上がるのだった。

参考文献

『たまご大事典』著・高木伸一（工学社）
『まるごとわかる　タマゴ読本』著・渡邊乾二（一般社団法人農山漁村文化協会）
『なぜニワトリは毎日卵を産むのか　鳥と人間のうんちく文化学』著・森誠（こぶし書房）

※この作品はフィクションです。実在の人物・団体・事件などにはいっさい関係ありません。

集英社オレンジ文庫をお買い上げいただき、ありがとうございます。
ご意見・ご感想をお待ちしております。

●あて先
〒101-8050　東京都千代田区一ツ橋2-5-10
集英社オレンジ文庫編集部 気付
梨沙先生

異界遺失物係と
奇奇怪怪なヒトビト

2023年6月25日　第1刷発行

著　者　梨沙
発行者　今井孝昭
発行所　株式会社集英社
〒101-8050東京都千代田区一ツ橋2-5-10
電話【編集部】03-3230-6352
【読者係】03-3230-6080
【販売部】03-3230-6393（書店専用）
印刷所　凸版印刷株式会社

ISBN 978-4-08-680509-4 C0193

集英社オレンジ文庫

梨沙

鍵屋の隣の和菓子屋さん

（シリーズ）

①つつじ和菓子本舗のつれづれ

兄が営む鍵屋のお隣、和菓子屋の看板娘・祐雨子に
片想い中の多喜次。高校卒業後、彼女の父の店に
住み込み、和菓子職人として修業の日々が始まるが…？

②つつじ和菓子本舗のこいこい

『つつじ和菓子本舗』に新しく入ったバイトの柴倉は、
イケメンで客受けがよい上、多喜次よりずっと技術がある。
さらには祐雨子のことが気になるようで…？

③つつじ和菓子本舗のもろもろ

多喜次と柴倉は修業に励みつつ、祐雨子を巡る攻防を
繰り広げる日々。そんな中、祐雨子やその友人・亜麻里と
四人で初詣へ出かけることとなり…？

④つつじ和菓子本舗のひとびと

亜麻里からアプローチを受けて戸惑う多喜次だが、
ここにきて柴倉と祐雨子がまさかの急接近!?　職人として
のコンプレックスもあり、多喜次は落ち込むが…？

好評発売中

【電子書籍版も配信中　詳しくはこちら→http://ebooks.shueisha.co.jp/orange/】

集英社オレンジ文庫

梨沙

鍵屋甘味処改

シリーズ

①天才鍵師と野良猫少女の甘くない日常

訳あって家出中の女子高生・こずえは
古い鍵を専門とする天才鍵師の淀川に拾われて…？

②猫と宝箱

高熱で倒れた淀川に、宝箱の開錠依頼が舞い込んだ。
期限は明日。こずえは代わりに開けようと奮闘するが！？

③子猫の恋わずらい

謎めいた依頼をうけて、こずえと淀川は『鍵屋敷』へ。
若手鍵師が集められ、奇妙なゲームが始まって…。

④夏色子猫と和菓子乙女

テスト直前、こずえの通う学校のプールで事件が。
開錠の痕跡があり、専門家として淀川が呼ばれて…？

⑤野良猫少女の卒業

テストも終わり、久々の鍵屋に喜びを隠せないこずえ。
だが、淀川の元カノがお客様として現れて…？

コバルト文庫　オレンジ文庫

「ノベル大賞」

募集中！

主催　(株)集英社／公益財団法人　一ツ橋文芸教育振興会

小説の書き手を目指す方を、募集します！
幅広く楽しめるエンターテインメント作品であれば、どんなジャンルでもＯＫ！
恋愛、ファンタジー、コメディ、ミステリ、ホラー、ＳＦ、etc……。
あなたが「面白い！」と思える作品をぶつけてください！
この賞で才能を開花させ、ベストセラー作家の仲間入りを目指してみませんか!?

大賞入選作

正賞と副賞300万円

準大賞入選作

正賞と副賞100万円

佳作入選作

正賞と副賞50万円

【応募原稿枚数】

400字詰め縦書き原稿100〜400枚。

【しめきり】

毎年1月10日（当日消印有効）

【応募資格】

性別・年齢・プロアマ問わず

【入選発表】

オレンジ文庫公式サイト、WebマガジンCobalt、および夏ごろ発売の文庫挟み込みチラシ紙上。入選後は文庫刊行確約!
（その際には、集英社の規定に基づき、印税をお支払いいたします）

【原稿宛先】

〒101-8050　東京都千代田区一ツ橋2-5-10
（株）集英社　コバルト編集部「ノベル大賞」係

※応募に関する詳しい要項およびWebからの応募は
公式サイト（orangebunko.shueisha.co.jp）をご覧ください。